あなたのための時空のはざま

矢崎存美

角川春樹事務所

contents

誕生日をプレゼント ……… 5

あなたのため ……… 45

メッセンジャー ……… 85

父のかわりに ……… 129

最後のファン ……… 171

本文デザイン　アルビレオ

誕生日をプレゼント

来月、由真（ゆま）は結婚する。

といっても、式は挙げない。とりあえず入籍のみだ。新婚旅行もない。お互いの家に行って、顔合わせをして、ささっと帰るだけ。食事もしない。入籍日は、一応ジューンブライドにこだわってみた。由真の誕生日が五月、彼が七月だから、間をとって、というのもある。

このコロナ禍では仕方ないことだ。人に話すと、

「味気ないねえ」

と気の毒そうに言われるが、由真は特に何も思わない。数年前から彼との結婚は決めていたが、結婚式をどうするかと考えるだけで少し憂鬱（ゆううつ）だった。地味で小規模であっても、お披露目（ひろめ）はしないといけないのだろうかと。

それがなんと、お祝いをくれた親戚（しんせき）や親しい友だちにお返しを送るくらいで、あとは「結婚しました」という通知を作るだけになった。式の段取りを憶（おぼ）えたり、ドレスを選んだり、誰に挨拶（あいさつ）や余興をしてもらうか選ぶ必要もない。

それらを考えるだけでも苦痛で、しかしなかなか口に出せず、一時期本気で結婚をやめ

ようと思うくらい病んだので（周りには内緒だが）、今の状況は正直言うとありがたい。とにかく人前に出るのが苦手なので……。

彼とはもう一年も同棲（どうせい）をしているし、生活はほとんど変わらない。メリハリがないまま結婚するというのも問題かもしれないが、それはあとにならないとわからないし、式を挙げたり新婚旅行に行ったりすれば無問題なわけじゃないし。

旅行はちょっと行きたかったという気持ちもあるのだが——それはまた追い追い、行けるようになってから考えればいいかと。

とりあえず、由真はいつもの生活のペースで日々を送っていた。お祝いもほとんど生活必需品で、「記念」という雰囲気ではない。記念といえば、二人で写真でも撮ろうかという話はしているが、それぐらいのものだ。それもいつになることか。

そんなある日、母から電話が来た。

「誕生日、ヒマじゃないよね？」

「誕生日？　わたしの？」

「うん」

「ヒマだよ、日曜日だけど！」

ヒマというか、彼が出張なので、一人なのだ。どうしようかなと思っていた。

「じゃあ、一緒に出かけない？」

「うん、いいよ」

母とは彼と同棲する前にはよく出かけていたが、最近は電話で話すくらいだ。たまには会いたいと思いつつ、何も用事もないのに会うのは、このご時世なんとなく気が引ける。

でも用事があるなら——。

「どこに行くの？」

由真の質問に、母は以前家族で住んでいた街の名前を言う。隣の県だが、電車で二十分ほどだ。

「行って何するの？」

「うーん……」

母は電話口でうなる。

「まあ、ただ行くだけで、何もしないっていうか、何も起こらないかもだけど」

「どういうこと？」

「お母さんにもよくわかんなくて。電話だとうまく言えないかもだから、当日に説明するよ」

誕生日当日、待ち合わせ場所はなつかしい駅だった。

生まれた時から小学校卒業までこの街に住んでいた。といっても、そんなに遠くへ引っ越したわけじゃないから、当時の友だちとも普通につきあっている。引っ越した先の方がもう長く住んでいるのに、出身地と思うと特別な気持ちを抱かざるを得ない。

家のあった場所にでも行くのかな、と思いながら母を待つ。

時間どおりに母はやってきた。以前住んでいた家の方向へ歩き出すので、

「やっぱり昔の家に行くの？」

とたずねると、

「まあね。でも、目的地はそこじゃないの」

「えー、家以外に行くの？　あ、学校？」

でも、由真のではなく、母の思い出の場所ってことも考えられるんだよな。

などと思いながら、昔の家にはすぐにたどりつく。引っ越して以来だし、街並みはだいぶ変化していたけれど、道筋は憶えていた。ていうか、住んでいた古い借家があった場所にはきれいなマンションが建っていて、風景がかなり違う。

「ずいぶん変わったね」

「そうだね」

「いろんな店もできてる」

カフェとかスーパーとか。あの頃はちょっと不便だった。何か新しいお店ができないかなあと思っていたことを思い出す。

「けど、ここが目的地じゃないんでしょ？」

「そう。ここから十五分くらい離れたところ」

母のあとについて歩いていく。立ち止まったのは、病院らしき建物の前だ。立派な石造りだが、屋根や壁などはひどく白茶けている。看板の文字も錆(さ)びていてよく読めない。地面に何やら薄い白い線が引いてあるが、ここはもしかして駐車場？　向かいの真新しいコンビニとの対比がすごい。

見憶えはなかった。通っていた学校と反対側だし、あまり馴染(なじ)みのない地区だし。

「病院？」

「そう」

「やってるの？」

「それがよくわかんないのよね」

もしかしてもう閉鎖されているのかも、というくらい古びていた。ドアを開けて確かめる勇気はない。

　看板もボロボロだが、かろうじて「産科・婦人科」と読める。

「由真はここで生まれたんだよ」

「えっ、そうなの⁉」

　小さい頃よく通ったのは、もっと小さな小児科だ。先生が面白い人で、いつも混んでいた。思い出といえばそちらの方が圧倒的に多いが、

「そうなんだ。それでわたしを誘ったんだね」

「生まれた病院」と聞いて、ちょっと納得した。

「うん、まあ……ね。でも、実はそうじゃないの」

　母はなんだか煮え切らないことを言う。

「どういうこと？」

「うーん、どう説明したらいいかな……」

　母は困った顔になっている。

「これから言うこと、自分でも変だと思うんだけど、笑わないで」

　そう前置きをして、母は、

「ここに来ると由真の生まれた時に戻れるって」

と言った。

いったい何を言われているのか、由真にはわからなかった。

「一ヶ月前くらいかなあ、友だちから電話がかかってきたの」

母が説明をし始めたが、由真の頭はまだ混乱している。

「友だちの娘さんが占いの勉強してるって話、したことあるよね？　憶えてる？　さっちゃん」

さっちゃん？　ええと……誰だっけ……？

「ああ――」

思い出した。本名は忘れたが、「さっちゃん」という呼び名は憶えている。美人で背が高く、モデルのようなオーラがあった。でもちょっと変わっている人という印象。

「さっちゃん、本当に占い師になったらしいんだけど」

「そうなんだ！」

ベールをかぶった占い師というか、そういうコスプレ姿しか浮かばないが、彼女なら似合いそう。

「当たるの？」

「友だちが言うには当たるらしい。忙しいんだって」

「じゃあ、今度見てもらいたい」

当たるなら、ぜひ。

「わかった。でも、それと今回のことはあんまり関係ないの」

「えー⁉」

今までの話はなんだったの？

「いや、ちょっとは関係あるんだけど」

いったいどっちなの？

「昔、さっちゃんがホロスコープ作るっていうから、由真の生年月日と生まれた時刻を教えたでしょ？」

「……ホロスコープってなんだっけ？」

「その人の生まれた時の天体の配置図だよ。惑星とか星座の位置で占う、いわゆる占星術ってやつ」

「あぁー、星占いのすごくくわしいやつみたいなの！」

そういえばそんなこともあったな。自分が高校生の時のことで、生まれた時刻が母子手帳に書いてあるのも初めて知った。あとからできあがったホロスコープを解説つきでもらった記憶もあるが、いったいなんと書いてあったのかはすっかり忘れている。というより、読んでも理解できなかったんじゃないのか、わたし。

「じゃあ、さっちゃんは今、星占いやってるの？」

「違うよ、手相と四柱推命だって」

もう何がなんだかわからない。本題はなんなの⁉

「そのさっちゃんが、ネットで変なものを見つけたの」

「変なもの？」

「数字が羅列してあるだけのホームページがあって、そこに由真の生年月日と生まれた時刻が書いてあったって」

飲み込むのにしばらく時間がかかったが、理解すると同時にぞっとした。

「なんで……？　わたしの名前も書いてあったの？」

「数字だけだよ」

「見たの？　そのホームページ」

「見たよ。一応確認したの。スクショも撮った」

パソコンのブラウザ画面のスクリーンショットを見せてくれる。

あなたのための時空の狭間(はざま)が、ここにあるかもしれません

真っ黒い背景にそんな言葉が浮かび上がっている。

「うわあ、見るからに怪しい……怖いじゃん」

「まあね。でも、今のところ何も起きてないし」

母はけっこうアバウトというか、のんきな人なのだ。

「生年月日と時刻だから十二桁(けた)の数字か。それがバーッてページいっぱいに並んでるの。年月日順にはなってて、一個一個リンクが張ってあるんだけど、あれ、目的なしで見てるとゲシュタルト崩壊起こすと思うのよね。字も小さいし、見づらくてすごく不気味なの」

そんなこと言われたら、余計に心配になる。

「いったいなんのためにそんな数字が並んでるの？」

「さっちゃんが問い合わせようとしたらしいんだけど、どこにもメアドとかメールフォームがなくて。管理者や会社の名前もわかんないし」

「えー、じゃあ何もわかんないじゃん」

「仕方なく由真の生年月日、クリックしてみたんだって」

さっちゃんって美人で豪快な人って記憶があるが、そのとおりの人なんだな！

「そしたら、こういう説明が出てきたって」

そう言って、母はさっちゃんから送られてきたという画像を見せる。


この数列は、ある日付、ある時間へ戻れる時空の狭間を表しています。この数列に心当たりのある方なら、どこへ行けばいいのかわかっているはずです。

時空の狭間には期限があります。数列の表示は予告なく消えますので、お早めにご利用ください。


「何これ……」

さらに由真は戸惑う。

「さっちゃんが言うには、『これは冗談ではない』」

そんな怖い声で言わないで。

「さっちゃんの言うこと、信じてるの？」

「だって……あんたの結婚の時期とか相手とか……当てたんだもん」

「何勝手に占ってんのー!?」

「だって、いろいろ心配だったから……」

そりゃ心配させたのは悪かったけど……でも、当たってたんだ。

「まあ、それはそれとして。タイムトラベルが嘘だとしても、由真が生まれた場所に来てみる分にはいいんじゃないかな、と思って誘ったの」

それは確かに。何も起こらなければ、二人でお茶でもして帰ればいい。すてきなカフェもできていたし。

だけど……何か起こるなんてあるんだろうか。こんな古びた病院の前に立っているだけで。

「ある時間へ戻れる時空の狭間」ということは、過去に戻れるということなの？　そんなこと、とても本当のこととは思えない。

戻れるとしたら、自分の生まれた日、生まれた時間ということだけど……そんなの、意味があるの？

さっちゃんと母は本当のことだと思っているみたいだが、由真にはどうにも信じられない。

「ところで、何か起こるとするなら、日付だけじゃなく、ちゃんと時間も守らないといけないんじゃない？」

日付はさておき、時間は全然違う。今、もう午後だけど。由真が生まれたのはお昼ちょっと前だ。

「例えばわたしが生まれた瞬間に立ち会いたいっていうのなら、ちょうどに行ったらもう間に合わないじゃない」

「そうなのよねー」

母がまたのんきに言う。

「さっちゃんに、ちゃんと日付や時間を守らないといけないか確かめたんだけど、なんかさっき見せた画像以上のことはわかんないんだって」

「えー！」

衝撃。

「それでも誘った理由は？」

無駄になるかもしれないのに。

「まあ、なんか由真に会う口実？　最近は、ほんとに特別に用事がないとダメって雰囲気じゃない？　もし本当にタイムトラベルできたら、すごいことだし。ガセだったとしても、笑い話にできるし」

そう言われると、反論はできない。ここ数年ずっと、密にならないようにしてきたし、何か用事があっても短時間で済ませないといけない。今日も歩く時や話す時は少し距離を取っていたし。

でも、何が起こっても起こらなくても、きっと忘れられない思い出になるだろう。由真が生まれた日に、本人が戻る？　それを計画したのは、生んだ母？

もし今後、由真に子供ができたとしたら、ぜひ話したいエピソードだ。確実に笑いや驚きをもたらすだろう。つかみだけで充分面白い。

さてオチはどうなるのか――それはこれからわかる。

「ところで、いつまでここにいるの？　中に入るの？」

「いや、さすがに無断では入れないよ。もうやってないみたいだしね」

「そうだよね、こんなにボロボロじゃ」

「昔はきれいで立派な病院って評判だったんだよ。壁や屋根の大理石？　も真っ白でね。外国の宮殿やリゾートホテルみたいな外観だったの。できた時はここら辺に場違いなほどの高級感があったよ」

「そうなんだ……」

今は新築するにしても、そんなふうな病院にはしないだろう。いや、どうなのかな。産婦人科病院の口コミなどを見ると、建物がすてきなところが好まれることも多いみたい。この白亜の宮殿みたいな外観に、おいしい入院食、その上ホテルみたいなサービスだったら受けがよさそう。病院経営も大変だな……。

「それにあこがれて、ここを選んだの？」

「いや、単に近かったから」

ガクッとコケそうになるが、これも母らしい。

「入口はこぢんまりとしてるけど、けっこう奥に長くて広くてね」

「へー」

もしかしたら、鍵が開いているかもしれない。由真は病院のドアに手を伸ばした。少しだけ、中が見てみたい、と思ってしまったのだ。単純な好奇心で。

ドアの取っ手に手が触れ、ぐいっと引っ張ってみた。思ったよりもずっと軽い。やはり開いていた、と一歩前に進んだその瞬間——。

人が行き交う病院の入口に、由真は立っていた。

あ、まだやってたんだ、と思い、母に声をかけようとまたドアを開けた。しかし、外には誰もいない。

「お母さん？」

呼びかけても返事はない。

「どこ行ったの？」

外に出ると……なんだか様子が違っている。病院の前には車が並んでいた。やっぱりここは駐車場だったんだ。でも、さっきは何もなかったのに、どうしてこんな短時間でいっぱいになってるの？

「お母さん、どこ？」

なんだか迷子みたいなこと言いながら、あたりをうろついたが、母の姿はない。

その時気づいた。

向かいのコンビニがない。

「……え？」

さっきまではあったのに！

あっ、でも――コンビニのかわりにあるお店の看板には見憶えがあった。チェーンの酒屋だ。ここじゃなくて、もっと学校に近いところにも店舗があったはず。入ったことはないけど、地元にいくつか店舗がある。

いや、それがコンビニのかわりにあるってどういうこと？

振り向いて病院を見上げる。

白い！　何これ、すごいきれいじゃん！

さっき見た白茶けた壁ではなく、ちょっと少女趣味とも言えるほど真っ白な宮殿みたいな建物がそこにあった。母の言っていたとおりだ……。

そのあとも母を探したが、姿はない。ここから離れてしまったんだろうか。それとも……自分だけが過去に来てしまった？

その時、車がけっこうなスピードで駐車場に入ってきた。そして、アクション映画みたいにブレーキ音を響かせて停まった。あぶなっ。よくどこにもぶつからなかったな。

ところが、その車から降りてきたのは、父だった。というか、父の顔そっくりの若い男性だった。

「えっ⁉」

思わず大声を出してしまうが、父は――父らしき若い男性はあたふたと車を降り、病院に飛び込んでいく。由真の声には気づいていない。

呆然と父の背中を見送ってしまったが、タイムトラベルに成功したのであれば、今日は自分が生まれた日――え、今何時？

外に時計がなかったので、もう一度病院へ入って探す。生まれた時刻までまだ時間があった。しかし、そんなに余裕があるわけでもない。由真は、突然焦りだす。

とにかく、あと数分で自分が生まれるはず。ど、どうしよう、とりあえず分娩室の方に行ってみようかな。父もいるだろうし。

院内の案内表示を見ながら移動する。受付もなく、簡単に入れてしまうことが少し不安だった。おおらかな時代——といえば聞こえはいいが、それでいろいろトラブルがあったから、最近の病院の警備は厳しくなったんだろう。

分娩室前にたどりつくと、廊下の長椅子に若き日の父が座っていた。うつむき、緊張した様子で。すぐにわかった。背中の丸め具合とか、歳(とし)を取った父と同じだ。

声をかけるべきかどうか。どうしたものかな。由真からすると、初の我が子との対面に緊張している姿はある意味微笑(ほほえ)ましく感じるが、父としては見知らぬ女から「大丈夫ですよ」と言われてもそれどころではないだろう。その証拠の大きくなった我が子が目の前にいる、と言ったって信じてくれるわけないし。

ん？　その証拠ってなんの証拠だ？

由真も半信半疑ではあったが、目の前にいる若い男性は明らかに父の顔をしているし、ボロボロの病院はきれいになってるし、コンビニは酒屋になっている。タイムトラベルが実現したとしか思えないことばかりが、目の前に明示されているのだ。あ、あとマスクしている人が少ない。

父に話しかけるとしたら、世間話みたいに始めてもいいものだろうか。けど、父相手に世間話ってしたことないしな……。それとも自己紹介？「こんにちは、わたしはあなたの娘です」なんて言ったら、どう思われるだろう……。

由真は、とりあえず父から少し離れた長椅子にそっと座った。壁の時計を見る。あと何分？　いつまでいられるのかな。生まれたら、否応なくタイムトラベルは終了になるんだろうか。アディショナルタイムはないのかよ。

もしかしたら生まれたての自分に会えたりするかもしれないのに。

想像して、へへ、と笑ってから、妙に冷静になる。会いたいか、生まれたばかりの自分に？

それはかなり微妙なところだな……会って何かあっても困るし。何かってなんなのかわからないけど、過去と現在の自分が出会うとどう考えてもすごいことが起こりそうではないか⁉

突然、父の前の分娩室のドアが開いて、変な妄想をしていた由真は飛び上がらんばかりに驚く。

看護師があわただしく出ていくのを見て、父の腰が浮いた。由真も生まれたか、と思ったが、時計を見るとまだ早い。赤ちゃんの泣き声も聞こえてこない。

さっきの看護師が別の若い医師を連れて戻ってきた。他にも看護師が続く。

何やらただならぬ様子に、座り直した父は再び立ち上がった。

「あの……」

　遅れて分娩室に入っていこうとする看護師を、父は呼び止める。

「どうかしたんですか？」

「ちょっとお待ちくださいね」

　看護師はそう言って、ドアを閉めた。これは……完全に何かあったとしか。

　由真も不安になってきた。両親から、生まれた時にトラブルがあったとかというのは、特に何も聞かされていない。

　え、まさか……自分が過去に戻ったことで、何か変わった？　え、何それ。いや、そんなはずないよね？　そんな罠みたいなこと――ひどいじゃん！

　なんだかドキドキしてきた。まさか……何か間違ったことをやらかしてしまったのか。お母さん……お母さん……。

「ちょ、ちょっと、大丈夫ですか？」

　ためらいがちに声をかけられる。顔を上げると、父が立っていた。とても驚いて、声も出ない。

「顔色、悪いですけど。誰か呼んできましょうか？」

「あ……いえ」

手をぶんぶん振って、「大丈夫です」とアピールする。声がまだ思うように出ない。

「ほんとに大丈夫ですか?」

「は、はい……」

驚いたせいなのか、ちょっと頭がはっきりしてきた。

「患者さんなら、無理しないでください」

父が言う。ああ、妊婦さんだと思われたのか。お腹大きくないけど……いや、お腹がまだ目立たない人も、妊娠していない人もこの病院にはいるはずだ。父はそれを気遣ってくれたのかな。

「大丈夫です」

身体の調子はそのとおりだが、まだ自分がやらかしたかもしれないことに対しての精神的なダメージから立ち直ってはいない。

母が入っているであろう分娩室は、人員が増加されてからは動きがない。「お待ちください」と言っていた看護師さんも現れない。そんな説明をしているヒマもないのだろうか。

でもわたしはこうしてここにいるわけで。生きてるし、ちゃんと大人になっている。

いったいどう考えたらいいの?

父が隣の長椅子に座り直す。

「あのう」

黙っているのも気まずいし、もう何が正しくて何が間違いなのかもわからないので、つい話しかけてしまう。

「お父さん、ですか?」

……変な訊き方をしてしまった。いや、別に「あなたはわたしのお父さんですか?」と言いたかったわけではなく、「これから生まれる子のお父さんですか?」と訊きたかっただけで。それも初対面で失礼な質問だな。しかし、

「はい」

父はあっさりと答える。

「今待っているところなんです」

そう言って分娩室を指さした。

由真は時計を見る。自分の生まれた時間まであと少し。そう言ってあげたいが、そんなわけにもいかない。

ふいに、はっと気づく。話しかけて迷惑だっただろうか。自分の都合しか考えてなかったが、普通に考えてこういう場合、世間話なんかしている余裕はないはず。

「す、すみません……」

「え、なんでですか？」

「話しかけちゃって……」

「いや、先に話しかけたのはこっちですよ」

そういえばそうだった。

「何もしないで待ってるのも落ち着かないものですね」

「そうですね……」

その時、また突然分娩室のドアが開き、さっきの看護師さんが出てきた。父は弾かれたように立ち上がり、

「あのっ」

と声をかける。すると、

「あっ」

すっかり忘れてた、という感じで看護師さんがあわてる。

「すみません、このあと、先生からお話があると思います」

それだけ言って、また早足で行ってしまった。

え、ちょっと……。本格的に（分娩室の中の）わたしヤバくない？

父を見ると、とても顔色が悪く、見るからにそわそわと落ち着かない。何を言ってあげ

たらいいのか。うかつなことは口にできないし、この事態が自分のせいかも、と思うと……。

いきなり、父が椅子に崩れ落ちた。うわっ、あまりのストレスに倒れた⁉　焦った由真が駆け寄る。

「大丈夫⁉」

「す、すみません……」

顔を上げた父の頬には涙がつたっていた。

「ど、どうした……んですか⁉」

生まれてこの方、父の泣き顔なんて見たことない。

「いや……」

ぐすぐす鼻すすってる！　わたしいったい、ど、どうしたら！

「自分のせいかな、って……」

「え、どういうこと？」

この状況で何が父のせいなのか、まったくわからない。

「父としての自覚がないっていうか、父親になる実感がなくて……」

「は⁉」

あっけに取られる。それって今の状況に関係なくない？

「なんか、どうしたらいいのかわからなくて……」

それで泣いてるの⁉

「まさか、お母さんに言った？」

ついタメ口でたずねてしまう。

「言わない、言わないです！」

父は叫ぶように言う。

「でも、ずっと不安に思ってて……実感が湧かなくて……このままだと父親になれないかもって」

それがよくあることなのか、稀なことなのかも由真には判断しかねた。妊娠すれば無条件で母性が芽生えるというわけではなく、人それぞれというのを聞いたことがある。妊娠云々がなくても母性あふれる人はいるのだし、父性なんてのも人それぞれとしか言いようがないのでは？

しかしそんな理屈っぽいことを言っても、今の父の耳には届きそうにない。いつの間にかおうおう泣いているし。不安が頂点に達して、歯止めがきかない感じ。

由真はとっさに、

「そんなことないよ、大丈夫！　お父さんは、とてもいいお父さんだから！」

と言ってしまった。それ以外どう言えよう。

実際、父はいい父だ。両親は共働きだったが、由真は寂しい思いをしたことがない。どちらかしか家事をやらないということもなく、どちらか一人しか家にいない時（たとえば仕事で出張とか）も、変わりなく生活ができていた。母曰く、

「お母さんもお父さんも同じくらいしか家事が『できない』んだよ。家事も料理も手抜きばかりだったんだよ」

でもそれは、家族との時間を大切にしようとしての工夫ではないか、と思う。人に自慢できるすごいエピソードがあるわけではないが、思い出すのは家族みんなで笑い合えることばかり。

大人になってから、親のいやなことばかり思い出すようになり、実家と疎遠になってしまった友人がいる。

「親はさ、自分がいいことしたっていうのしか憶えてないんだよね。それは確かに本当にあったことなんだけど、自分が悪いことは忘れてるの。いくら言っても思い出さないの」

その友人の言葉がよみがえる。

うちの父と母は、

「もっと仕事休んで、みんなでいろんなとこ行けばよかった」

とか、

「もっとおいしいもの作ってあげればよかった」

という後悔みたいなことばかりを口にする。今まで「そんなことないよー」と軽く流していたが（もちろん本心だけど）、その後悔を口にする気持ちは、今父がこうして泣いているのと根底は同じなんだと思う。「そんなことないよ」としか言いようのないことを自分のせいかもと気に病む優しい人に、わたしは育てられたのだ。

由真に「大丈夫」と言われて、父は顔を上げた。

「あ、ありがとう……」

少しきょとんとした顔になっている。なんでこんな知らない人にそんなこと言われているのか、と気づいたのかもしれない。

「ほんと、絶対大丈夫だから！」

こんなに安請け合いしていいのか、というくらいに、由真はさらにまくしたてる。もっと説得力ある言葉を言いたかったけれど、子供でも言えるようなことしか浮かばない……。

その時、分娩室から若い医師が出てきた。さっき看護師が「先生からお話がある」と言っていたけど……。

「友里（ともさと）さんですか？」

「は、はい……」

あわてて父が立ち上がる。

「院長は今手が離せないので、わたしからお話を」

「はい……」

父が由真に振り向く。大丈夫大丈夫！　由真は心で念じながら、何度もうなずいた。

「すみません、バタバタしてご心配させてしまいましたね」

「いえ、あの……」

父は目を手で拭いたが、顔はまだ泣きそうだ。

「あのですね……」

若い医師は言葉を選んでいるようだった。由真も不安になってくる。

でも――と壁の時計を見上げた。自分が生まれるまで、あと一分。

「大丈夫ですんで、言ってください」

父は涙ぐみながらそう言った。大丈夫、と由真も自身に言い聞かせる。

「そうですか……。では、ご説明させていただきます、えー……」

沈黙。そんなに迷うようなことが起こってるの!?

「院長が言うにはですね――」

医師が言ったと同時に、赤ちゃんの泣き声が聞こえてきた。父と医師と、そして由真も

はっとする。

「あ、よかった。生まれました。もう少しお待ちくださいね」

医師はそう言うと、あたふたと分娩室へ戻っていった。さっき走っていった看護師も戻ってきて、

「おめでとうございます。すぐに会えますからね！」

と言う。父はへなへなと長椅子に座り込む。

「よかった……よかった」

由真は大きくため息をついた。思わぬ力が入っていたらしい。わかってたはずなのに。

怖かった。まさか自分のせいで自分が生まれないかも、と思って。

お産って、やっぱり命がけなんだな。母が大変なのはもちろん、父も同じくらい怖がっていた。自分も怖かった。ほんと大変なんだ……。

「ありがとう！」

突然そう言われて、由真は顔を上げた。父が目の前に立っていた。

「え、何……？」

「ありがとう、励ましてくれたおかげだよ！」

そんなこと言われて、思わず笑ってしまった。誰が誰を励ましているって？　確かに父を励ましたのはわたしかも。でもそれは、大人のわたしではなく、生まれようとしていた由真自身かもしれない。

急に笑いがこみ上げてきた。ほっとしたせいだろうか。すると父も笑い出した。なんだか止まらない。変なテンションって、きっとこういうことなんだな。

二人でゲラゲラ笑っているうちに、由真はお腹が痛くなってしまった。床に手をついてしまうほど。ヤバい、病院でこんなに騒いでは怒られてしまう。ああ、誰かがこっちにやってくる気配が――。

「――真、由真⁉」

はっと顔を上げると、母が肩に手を置いて、由真の顔をのぞきこんでいる。

「いきなりどうしたの⁉」

「……何？」

あれ、ここは外だ。病院の中にいたはずなのに……。

「急に四つん這い（ばい）になって笑い出したから。何か取り憑（つ）いたのかと思った」

……さっきまで確かにそうやって笑ってたけれど。

ていうか、何もかもがすっかり元に戻っていた。コンビニもある。駐車場には一台も停まっていない。病院は煤(すす)けて、ピカピカの白い壁ではなくなっている。

「具合でも悪い？　なんであんなに笑ってたの？」

「急に笑い出したって、いつ？」

「いや、病院のドアに触ろうとしたけどやめて、すぐに笑い出したよ」

何それ。ほんの一瞬のことではないか。本当に誕生日に戻ってたの？

「お母さん」

「何？」

「わたしって難産だったの？」

突然の質問に、今度は母がきょとんとなった。

「難産……ってほどじゃなかったな。京馬(きょうま)に比べれば」

京馬は三つ違いの弟だ。

「そうなの？」

「だって、京馬は一日たっても生まれなくて、ヘトヘトになっちゃったし、結局帝王切開になったし……由真は半日もしないで生まれたから」

「え、何かあったんじゃないの？」

「あったかなあ……」

母はしばらく考えたのち、

「あっ、なんか途中で赤ちゃんが息しづらくなっちゃって、出てこられなくなってたとかなんとか……帝王切開にしようかって先生言ったんだけど、そのあとすぐ、なぜかするっと生まれたの」

「なんでそんな大事なこと忘れてるの？　初めて聞いたよ！」

「だって最終的には大丈夫だったし……家に帰ってからの方がもう大変で大変で、すっかり忘れてたよ」

「そんなに大変だったの？」

「何しろ初めての子供だったんだからね、由真は。何もかも手探りで、お父さんも一緒にがんばってくれなかったら、と思うとねえ」

母はしみじみと言う。

「なんで突然そんなこと訊くの？」

「お母さん……わたし、本当に過去に行ってきたの」

「えっ、ほんとに!?」

母は大声をあげ、ぽかんとしばらく口を開けていたが、

「じゃあ、赤ちゃんの自分に会った⁉」

突然そんなことをたずねる。

「会ってないよ。生まれたって聞いたところですぐに戻ってきた」

実際はどのくらいの時間、あの世界にいられたのか――そんなに長くはないはずだけど、正確にはよくわからない。

「でも、若いお父さんには会った」

「ええっ、どんなふうに⁉」

くわしく聞きたがるので、父が泣いたくだりは隠して話す。冷やかされたりしたらかわいそうだからね。

話を聞いて、ようやくなんで由真が笑っていたのか理解した母は、

「今すぐうちに帰って、そのことお父さんに訊いてみようよ！」

と急にはりきり始めた。

「えー、いいよ、別に」

「だって、由真に会ったこと憶えてるかもしれないじゃない！」

それは、確かに興味ある。憶えていたとしても、まさか娘の大きくなった姿とは思って

いないだろうが。

二人で急いで家に帰る。久々の実家だ。

父は、拾った子猫と家で留守番をしていた。最近、ずっと在宅で仕事をしていて、子猫といつも一緒にいるらしく、とてもなついているのだそうだ。弟も家を出てしまったから、寂しいのかもしれない。

「ねえねえ、由真が生まれた時のこと、憶えてる?」

母がたずねる。

「憶えてるけど……」

父は自信なさげに答えた。

「髪の毛が黒々してて、すごいな、と思った」

「……そうじゃなくて」

いや、お母さん、さっきの質問だとそういう答えになるでしょ。

「頭が小さいのに目がめちゃくちゃ大きくて、それもすごいなって思った」

それには由真も同意する。

「そうじゃなくて、生まれる前のことよ」

焦れったくて、ついにそのまま訊いてしまう母。

「生まれる前……？」

「病院で待ってる時とか」

「ああ……えーと……」

父はしばらく考えていたが、

「憶えてないな」

と言って、母と由真を驚かす。

「なんかすごく緊張してたことだけは憶えてる」

「ええー……」

「そ、それはまずいことなの？」

父の眉毛が八の字になる。それは、分娩室前で見た顔と同じだった。

「いや、まずくないけど……」

母はがっかりしたような顔になる。

「あんまりにも緊張してて、ほとんど記憶がないっていうか、そのあとのことしか憶えてないっていうか」

由真は別に、父が憶えていないことは特に気にしていなかった。だって無理もない。ましてや、あんなに泣いたり笑ったりして感情が上下したあとに我が子との対面では、疲れ切って記憶が曖昧になってしまうだろう。

でも母は、なぜかもどかしげだった。なぜだろう、と思っていたら、帰りに駅まで送ってくれた時、打ち明けてくれた。

「もうすぐ結婚する由真に、プレゼントしたかったんだよ」

「プレゼント？」

「由真が生まれた日を」

誕生日プレゼントではなく、誕生日をプレゼントされるなんて、そんなの世界で由真が初めてかもしれない。

「ちゃんともらったよ」

あの年月日と時間に生まれた子供なんてたくさんいるはず。「この数列に心当たりのある方なら、どこへ行けばいいのかわかっているはず」の人は世界中にいるのだ。一応、英語を始め、何ヶ国語かの訳文もちゃんとついていたようだし。

もしかして、こんなふうに自分の誕生日に行ける時空の狭間ってたくさんあるの？　それとも自分はたまたま行けただけ？　どこに行けばいいのかわかってたって、その場所がなくなっていたら、どうなるの？

あのサイトを見つけて、クリックすることができるかどうか……しない人もたくさんいるはずだ。たどりついても、よく見ずスルーする人も。

自分は、選ばれたのだろうか。

しかし、あの出来事が現実と証明できるものはない。父も憶えていないと言うし。そんなの、由真にはあんまり関係ないのだけれど。

「お母さん、ありがとう。こんな誕生日プレゼント初めてだよ」

由真の言葉に嘘はないとわかったのだろう。母はようやく安心したような顔をした。

「誰に言っても信じてもらえそうにないけどね」

「そうだね。二人の秘密だね」

その言葉に、母と笑った。

夜が更けた頃、父から、

「誕生日おめでとう」

というメッセージが届いた。誕生日プレゼントはいつも父と母連名で、とても高級な食材や果物が届く。午前中にそれを受け取ってから、母との待ち合わせ場所へ出かけた。

父からはいつも短いメッセージが届くのみなのだが、今日はなぜか違っていた。

「生まれた日のことで、今日話さなかったことがあります」

と続く。

由真が生まれる前のことは、本当によく憶えていないのですが、一つだけずっと信じていることがあります。

由真が生まれるまで不安でしょうがなかったお父さんを、生まれる前の由真が励ましてくれたと信じているのです。

本当は近くにいた親切な人や看護師さんが励ましてくれたのだと思うのですが、お父さんには、あの時まさに生まれてこようとしている由真が「大丈夫」って言ってくれたように思えてならなくて。どうしても由真以外には思えない。

今までお母さんにも言ったことがなかったのですが（だって変だし、うまく説明できそうにないから）、今日は由真の誕生日なので、打ち明けてみました。お母さんには内緒にしてください。

由真がいなければ、お父さんはお父さんになれませんでした。あ、京馬もいるけど。ありがとう。あんまりいいお父さんじゃなくてごめんなさい。誕生日おめでとう。

スマホが苦手な父が、この長いメッセージを打つのに、どれだけ時間をかけたことだろう。背中を丸めて、ぽちぽち打っている姿を思い浮かべて、由真は胸がいっぱいになる。

父と母、二人に対してそれぞれに秘密を持つことになったが、いつかみんなで笑いながら、今日の出来事も含めて、秘密にまつわる諸々のことを話せるようになるのだろうか。

その頃、自分はどうなっているのかな。

どんな状況でも、幸せだといいな。

それが両親が今日の誕生日にこめた想いだろうから。

「お父さん、ありがとう。こんなうれしい誕生日のメッセージ、初めてだよ」

由真は、口に出しながらそんな言葉をスマホに打ち込んだ。

あなたのため

石岡織衣（いしおかおりえ）がそのサイトを見つけたのは、偶然だった。パソコンでネットショッピングのリンクをいろいろ見ているうちにたどりついたのだ。というより、クリックするつもりもないところをクリックしてしまったというべきか。

最初は怖いサイトなのかと思った。真っ黒な背景に、見づらい赤い文字が羅列されている。もしかしたら、ウイルスが仕込んであったり、グロテスクな画像がたくさんあるようなところかとブラウザを閉じようとした瞬間、まるで浮き上がってくるように、一つの文字列――数字が目に飛び込んできた。

ブラウザを閉じても、しばらくその十二桁（けた）の数字が頭から離れない。忘れたくても忘れられない、織衣にとって縁のある数字だったからだ。

でも、それは単なる偶然だ。たまたまあった数字が同じだっただけ。それ以上の意味はない。そんなこと、珍しくもないだろう。

だが織衣の脳裏には、もう一つの言葉が残っていた。サイトのタイトルというか、目立つ大きな字で書かれた以下のような言葉。

あなたのための時空の狭間が、ここにあるかもしれません

本当にそんなことが書いてあったのだろうか。自分の記憶を疑ってしまう。

半信半疑で数日過ごし、ついに我慢ができず、織衣はブラウザの履歴をたどってあのサイトを探してしまう。

これが小説なら跡形もなく消えているところだが、そんなこともなく、あっさりとたどりついた。

やはり不気味としかいいようのないデザインに、織衣は恐れおののく。変な架空請求とか来たらどうしよう、と思いながら、ウロウロとサイトを見て回る。

といっても、数列にそれぞれリンクが張ってあるだけで、あとはどこにも行けない。サイトの説明もない。

数列をクリックするかどうするか。その勇気はなかなか湧かなかったが、ついに決心をした。

ドキドキしながらクリックをした織衣をあざ笑うように、再び真っ黒な背景にこんな文言が浮かび上がる。

この数列は、ある日付、ある時間へ戻れる時空の狭間を表しています。この数列に心当たりのある方なら、どこへ行けばいいのかわかっているはずです。

時空の狭間には期限があります。数列の表示は予告なく消えますので、お早めにご利用ください。


何これ……。

拍子抜けしてしばらく脱力してしまう。

織衣は、またそのページをすみずみまで見て回ったが、今度はリンク一つなく、もちろん説明もない。これ以上は何もわからない。

何かのいたずらのサイトと考えるのが妥当だろう。なんの目的で作ったのか、皆目見当もつかないが。

でも、織衣はそのページから移動できなかった。身体の震えが止まらない。

織衣にとってこの数列は、ある年月日と時間を表していた。他の数列も、おそらくそうなのだろう。だが、織衣に関係あるのはこの一つだけ。忘れたくても忘れられない日。後悔とともにいつも思い出す日だ。

この数列に心当たりのある方なら、どこへ行けばいいのかわかっているはずです。

そう、確かに織衣にはわかっている。あの日、あそこへ行かなければよかった、とずっと思っていたから。

「けど……」

織衣はページを見て、つぶやく。

「どうやったら戻れるの？」

この説明だけではわからない。時空の狭間って何？　確かに思い当たる場所は一つしかないけれど。

ただ行くだけでいいの？

織衣はもう一度、問い合わせできるリンクなどがないかと、ページのすみからすみまで探した。最初のページも同じように。すべてのテキストには各国語の翻訳がついているのだが、もしかしたら違う内容かもしれない。そう思い、ちゃんと調べたが、ただの訳文だった。

やっぱり、何も見つからない。

もうこれ以上言うことはない、ということか。

どこへ行けばいいのかはわかっている。本当に、そこへ行けばいいだけなのだろうか。

織衣は、あの場所へ行く決心をするまでずいぶん時間がかかった。期限があるのだからすぐに行くべき、とわかっていても、不可解すぎて……。

それでもある日の夕方、織衣はそこへ向かった。

薄暗くなりかけた道を歩く。すでに二十年ほどたっているが、意外と憶(おぼ)えているものだ。今日まで何度も記憶を反芻(はんすう)してきたからだろうか。

季節は真逆だった。あの時は春で、今は秋。日が長くなる頃と、短くなる頃。咲いている花が違う、と金木犀(きんもくせい)の香りを感じながら思う。あの時も何か強い花の香りがしていなかったか。

周辺が変わっているかどうかはよくわからない。けれど、たどりついたアパートはあまり変わっていないように思えた。あの時、このこぢんまりとしたアパートの佇(たたず)まいと、部屋の小ささにあっけに取られたように感じたのだが、今はそんなに悪い印象は抱かなかった。小さくて古いが、周囲や共有スペースは整然としている。郵便受けなども荒れていない。大家がしっかりしているのだろうし、入居者もきちんとした人ばかりなのだろう。

だがそんなこと、当時の織衣の目には、まったく入っていなかった。ここに来た目的を遂げることで頭がいっぱいだったからだ。

あの時と同じ時間になった。約束は、午後七時だった。

ふっと足元が揺らいだ気がした。目の前が一瞬暗くなる。めまい？　この場所に再びやってきたというだけで、そんなふうになっても不思議じゃないくらい、ストレスはかかっているはずだが……。

少しだけ目を閉じてやり過ごす。目を開けると——周囲に違和感を覚えた。

なんだろう……まったく変わっていないのに、明らかに違う。織衣はきょろきょろとあたりを見回す。

「あ……」

思わず声が出た。アパート……新しい？　壁がきれい。郵便受けもピカピカだった。

そして、金木犀の香りが消えた。そのかわり、沈丁花（じんちょうげ）の香りがする。

どういうこと？　まさか……本当に過去に戻ったの？

その時、背後から誰かが近づいてくる気配がした。そっと振り向くと、それは自分で——二十年前の織衣が、見憶えのあるコートに身を包んで、こっちへやってくる。そう、春なのに冬みたいに寒い夜だった。

とっさに身を隠そうとした。だが、果たして昔の自分は今の織衣が見えるのだろうか。

SF小説にも映画にも馴染みがない。でも、これってやっぱりタイムトラベルなんだよね？　こういう状況に何か法則があるのかないのか——何もわからない。

棒立ちして、内心であわてていたら、昔の織衣は今の織衣に目もくれず通り過ぎた。奥の角部屋をまっすぐ目指している。そんなの知っている。織衣だってあそこに行ったことがあるのだから。

「待って！」

織衣は自分を呼び止められるかわからないまま、声を出した。すると、あっさり彼女は振り返る。訝しげで、いかにも傲慢な目つき。あの頃の自分は、こんな顔をしていたのか。

「なんですか？」

そう問われて、言葉に詰まる。いや、言葉とか関係ない。あの部屋に行かせたくない。それだけだ。

「こっちに来て」

織衣は彼女の手を取った。つかめる！　ここからなるべく離れれば、なんとかなるかしら——？

「何するの⁉」

彼女はそう言いながら抵抗するが、織衣は手を離さない。とりあえず、アパートの敷地から出た。

「離して！」

そう言われても、織衣は彼女を引っ張り続けた。あの部屋に今夜行かなければ、今の織衣が抱く悲しみを味わわなくてすむはずなのだから――。

あの日――いや、今というべきか――、織衣は息子・承平（しょうへい）の恋人、藤島美園（ふじしまみその）に会いに行ったのだ。

承平は医師で、実家の病院を継ぐまで勤めていた大学病院で、看護師の美園と知り合ったという。結婚を考えた真剣なつきあいだった。

だが、織衣はその結婚に反対していた。承平が誰とつきあおうと何も言うつもりはない。しかし、結婚となると話は別だ。夫の祖父が興し、地元でも有数の総合病院にふさわしい嫁でなければ、と昔から考えていた。

織衣自身も実家が病院で、小さい頃から仕事で忙しい父や兄を支える生活をしてきた。それが当たり前だと両親に教えられてきた。それが自分の役目だと。兄が製薬会社の重役の娘と結婚した時、

「いつか自分の息子にもこんな立派な縁談を持ってこられるように、がんばりなさい」

と母に言われた記憶がある。

親のすすめのままに結婚し、息子が生まれた。彼は子供の頃から非常に優秀で、医大でも、医師になってからも周囲からの期待にいつも応えている。織衣も息子にふさわしい縁談をいつでも用意できるように準備をしていた。

そんな時、承平から、

「結婚したい人がいる」

と紹介されたのが、美園だった。

夫は、息子の縁談には無関心で、

「彼女は多分、とてもいい看護師だと思うよ」

そう言っただけだ。家に来て、二時間ほど食事と談笑しただけなのに。そして、

「面接に来たら、絶対に採用する」

夫のそういう職業的な勘はとてもよく当たる。だからといって息子の味方になったわけではなく、「縁談を用意していたのに」と愚痴る織衣に対して、

「君にまかせるよ」

とくり返すだけ。夫はいつもそんな調子だった。相変わらず忙しく、ほとんど家にいない。いわゆるワーカホリックで、病院に住んでいるようなものだった。

だから、自分がしっかりしなくては、と思った。まずは、美園の身辺調査を秘書に頼んだ。素行に関しては問題なかったし、夫の言ったとおり、かなり有能な看護師のようだった。

しかしそれは承平の嫁になることとなんの関係もない。知りたいのは家庭環境だった。美園の母親は離婚をしている。父親の行方はわからなかった。あまり評判のよい人間ではなかったらしい。

母親の実家からはその結婚を機に距離を置かれ、金銭的に苦労したらしい。無理がたたったのか、現在美園の母は病気を患っている。治癒の見込みのない難病とのことだ。

その調査結果を見て織衣は、「美園は承平の金目当てではないか」と思ってしまった。そうだ、そうに違いない――と思い込んでしまったのだ。

当然、承平にも伝えたが、息子は取り合わなかった。のらりくらりと話をそらし、結婚の準備を進めている。

焦った織衣は、直接美園と話をしようと計画する。それが今日だ。今日？　いや、織衣にとっては過去のこと。それともこれから起こること？

とにかく、織衣の中には鮮明にある記憶だった。

「いらっしゃいませ」

あの日、ノックに応えてドアを開けた美園の母は、そう言って頭を下げた。

「どうも」

織衣は確かそう短く答え、出迎えた美園母子に軽く会釈をしただけだった。

部屋に入った時の匂いも思い出した。最近、物忘れがひどいと感じていたけれど、このことに関しては憶えていることも多い。

「どうぞ、寒かったでしょう？　こたつで申し訳ないんですけど、あったまってください」

美園の母は織衣と同世代のはずだが、病気のせいか疲れたような表情だった。部屋に立ち込める匂い――それは何かの料理の匂いだ。当時の織衣は少し顔をしかめただけで、あとは気にも留めなかったが、もしかして、夕食を用意してくれていたのだろうか。それはもう確かめようもない。美園の母の顔もおぼろげで、名前も思い出せない。いや、最初から彼女の名前を憶えるつもりがあったのだろうか。

こたつなんて久しぶり、と思いながら、入ることはなかった。なぜなら、くつろぐつもりで来たわけではないから。玄関に近いところにそのまま座った。あわてて美園が座布団を持ってきたので、それには座ったが。

「ざっくばらんにお話しした方がよろしいかと思いまして、本日は参りました」

なるべく丁寧に言った。いわゆる「慇懃無礼」というやつだ。

「なんでしょう……？」

と顔を曇らせる二人の様子から、これから言われることを予期していたと知る。織衣はなぜか優越感に浸った。

「承平との結婚は認められません」

二人は押し黙ってうつむいた。

「息子と別れていただきたいんです」

承平は織衣の親友・滝田美智の娘・瑠菜瀬と見合いをさせるつもりだった。美智の実家は歯科医院で、瑠菜瀬は医療関係者ではないが、とても華やかな美女なのだ。美園の何もかもが地味に見えるところも、織衣としてはひっかかっているところだった。病院関係はつきあいも大切だ。それがちゃんとできるのか。それに、織衣とは趣味なども違いそうだし、気が合いそうにもない。親友の娘なら、実際に楽しくつきあっているので、安心できる。

「それは……承平さんが決めることではないでしょうか」

美園が、小さめの声だが、はっきりとそう言う。

「言い方が悪かったですね。身を引いていただきたいんです」

二人が凍りついたのがわかった。空気が明らかに変わる。

「そうおっしゃる理由は……？」

しばらくの沈黙ののち、おずおずと美園の母がたずねた。

「おわかりだと思いますけど」

尊大に言う自分の声が静かな部屋に響く。

「……わかりません」

美園の母は首を横に振って、つぶやくように言った。

「当方としては、考えていたお相手がすでにいたのですよ。美園さんの存在は寝耳に水だったわけで」

「それは……承平さんは承知してるんですか？」

美園がたずねる。

「もちろん知ってますよ」

その言葉に、彼女はショックを受けたような顔になった。それに織衣はほくそ笑む。

当然、これは嘘だ。承平は何も知らない。織衣が思い描いていた勝手な将来設計だ。

美園は何か反論しようとしたようだが、言葉が出てこないようだった。「考えていた相手」という言葉をどう彼女たちが受け取ったかはわからない。「別の相手がいた」と取るかもしれない、とはわかっている。承平が二股をしていたとか。しかし、織衣にそんなつもりは微塵もない。織衣「だけ」が「考えていた相手」、と言っただけだ。承平に責められても、いくらでも言い訳ができる。

「承平に確かめても無駄ですよ。認めるわけないでしょう?」

「……あなたは、自分の息子さんがそんな卑劣なことをしているって認めるんですか?」

「卑劣とは失礼な。『嘘も方便』って言葉があるじゃないですか。その程度ですよ」

承平が否定するのもわかりきっているので、それを信じないよう先手を打っておく。

「別れていただけるのでしたら、それなりのお礼は支払います」

「お礼……?」

美園の声は震えている。

「あなた方がうちの息子に対して何を望んでいるかはわかっているつもりですから」

いやな言い回しだ。そう聞こえるように言っているのだが。

「それは……わたしたちがお金目当てだって言いたいんですか?」

美園の母の声も震えていたが、そこには怒気も含まれていた。

「それ以外に承平に近づく理由があるとは思えませんからね」

沈黙が部屋に満ちる。やかんが台所でカタカタ言っていた。あのやかんはいつ火にかけられたのだろう。

「わかりました」

ようやく、美園が答えた。

「そちらの言い分は、よーくわかりました」

「わかっていただけた？」

「わたしも、あなたのような人と縁続きになるのはお断りです」

まっすぐ織衣を見ながら、そんなことを言い放つ。

「まあ！」

一瞬言葉に詰まると、

「お礼もいりませんので、早く帰ってください」

「目上の人間に向かってなんて口のきき方を――」

「娘が帰ってほしいと言ってるんだから、帰ってください。ここはわたしたちの家なんですから」

美園の母の言い方は娘とそっくりで――いや、娘の方が似ているということか。二人とも断固とした表情をしていた。きつい性格をしている、と織衣は思ったし、自分の判断は間違っていなかった、と確信していた。

織衣は昂然と立ち上がり、玄関へ向かった。わずか数分で話はついたのだ。

「わざわざこんなところに来ていただいて、申し訳ありませんでしたね」

美園の母の皮肉が、ますます自信につながる。早く家へ帰って、承平に報告しなければ。

「お金は用意してあるので、受け取ってくださる？」

と包みを出すと、美園と母親に無言で外に押し出され、塩までまかれた。唖然としたが、払う気持ちは変わらなかったので、あとで誰かに届けさせよう、と思う。

その夜、家に帰ると承平は顔を真っ青にして織衣を出迎えた。

「さっき美園から電話がかかってきて……母さん、なんであんなことを！　勝手に！」

そうわめくように言って、責められる。

「あなたのためを思ってのことよ」

織衣は言い放つ。本当に正しいと信じてやったことだから。

そのあとも承平は文句を言い続けたが、どう責められても「あなたのためを思って」と返し続けていたら、数日で何も言ってこなくなった。

承平と美園の間にどのような対話があったのかは知らない。彼女やその母からの接触はその後なかった。承平はしばらく織衣と口をきかなかったが、駆け落ちすることもなく、一年もすると関係性は元に戻った。

美園は約束どおり、承平から身を引いたのだ。しかし、結局金は受け取らなかった。秘書を通じて届けさせたが、断固として拒否したという。母親の治療費として使えばいいものを――と織衣は哀れに思う。だが、「これ以上接触するなら警察に通報する」と言われたので、あきらめた。こちらとしても世間体がある。たとえただの脅し文句だとしても。

その後、承平はしばらく元気がなかったが、病院の勤務は変わらず続けていた。医師としての腕も評判もますます上がり、黙っていても縁談が舞い込んできた。

織衣としてはやんわりとそれらを断り、当初から予定していた瑠菜瀬との縁談をまとめた。承平が美園と別れてから三年たっていた。

地元で一番大きな歯科医院の娘との披露宴は、何百人もの招待客でにぎわった。美男美女のカップルと皆から褒めそやされ、織衣は鼻高々だった。承平もすっかり立ち直り、式では幸せそうに見えた。

それに水を差されては困る、と考え、織衣は美園のことをまた調べてもらった。

美園はあの夜から二年後に母親を亡くし、現在はかなり遠方の地に引っ越していた。看護師は続けているらしく、まだ独身とのこと。

承平の結婚を知り、何か言ってこないか、と織衣は不安になる。今からでも渡しそびれた金を受け取ってはくれないか、と思うが、下手に接触をして藪蛇になっても困る――と悩んだまま、さらに二年があっという間に過ぎた。

その頃の織衣の悩みは、美園のことではなく、承平たち夫婦に子供ができないことだった。一応瑠菜瀬には配慮して、承平の方にいろいろ言っていたが、言葉を濁すだけではっきりしたことは答えない。

まだ二年、と言えないこともないのか……もう少し待ってから、瑠菜瀬にも話を聞いてみよう、と考えていたら、突如彼女が姿を消した。

「母さん、おとといから瑠菜瀬に連絡つかないんだけど、心当たりはない？」

心配した承平が電話をかけてきたが、織衣が知っているのは彼女の実家だけだ。急いで美智に連絡すると、

「えっ……⁉」

絶句したまま、何を訊いても答えない。

「警察に連絡するから」

そう織衣が言うと、

「ちょっと待って！　必ず連れ戻すから！　大事にはしないで！」

美智がわめき始める。

「連れ戻すって何よ、どこにいるか知ってるの？　教えてよ」

「いいから！　ちょっとだけ待ってて！」

そう言って彼女は電話を切る。

それから三時間ほど待った。が、瑠菜瀬からも美智からも連絡はない。本当に警察に連絡しなければ、とやきもきしていたところに、美智と夫の滝田、そして瑠菜瀬が現れた。

瑠菜瀬は顔を腫らし、涙で顔がぐちゃぐちゃだった。

やっぱり何か事件に巻き込まれたの⁉　と思ったが、

「殴ったのはわたしです」

と滝田が言う。そして、瑠菜瀬をむりやり土下座させる。

「バカ娘ですみません」

彼はそう謝るばかりだった。

「どういうことなの……？」

織衣と承平が呆然と言葉を失っていると、滝田が突然、瑠菜瀬の顔をげんこつで殴りつけた。

「お前は！　自分で説明するって言っただろうが！　何泣いてる！　泣きたいのはこっちだ！」

「やめて、あなた！」

「お前もお前だ、こんなことになったのに、なんでかばうんだ！」

「この子だけのせいじゃないから！」

目の前の愁嘆場に、織衣の心は寒々とした気分になった。承平は真っ青な顔をして突っ立っている。

「ごめんなさい、ごめんなさい、パパ……」

「謝る相手が違うだろう！」

そう言われて、瑠菜瀬はハッとこちらを見上げた。美しい瑠菜瀬の顔は醜く歪(ゆが)んでいる。

「ご、ごめんなさい……承平さん」

消え入るような声で言う。

「ちゃんと説明しろ！」

「あの……ママの別荘に、行ってました……」

滝田は婿養子だ。だが、今の歯科医院はこの人の腕で成り立っている。

「一人じゃなくて……元カレと……」

比喩(ひゆ)ではなく、めまいがした。ショックと貧血で足元がふらつき、織衣はしゃがみこむ。

「ママから、鍵もらって……」

「やめてよ、今そんなこと言うのは！」

美智が金切り声をあげる。

「うるさい！」

今度は美智が滝田に殴られた。

「お前が手引きしたって、あの男は言ってたんだぞ！」

美智は玄関に倒れ込み、取り繕うこともなく泣き叫んでいる。

「実家に言いつけてやる！」

「お前の親父にはこっちから言ってやる。もう離婚だ！」

「もうやめて！　パパもママもケンカしないで……！」

しばらく、滝田家の三文芝居につきあわされた。貧血がようやく治まった時、妙に冷静になっていることに気づく。織衣は立ち上がっておもむろに口を開いた。

「つまり、瑠菜瀬さんは浮気をしていた、ということで間違いないですか？」

その問いに、三人はハッとする。

「違うの、そういうつもりじゃなくて！」

「そうです」

瑠菜瀬と滝田の声がかぶる。

「瑠菜瀬さん、ちょっと携帯電話を貸してもらえるかしら？」

「え……」

「渡せ！」

滝田にふんだくられた携帯が、織衣に渡される。

「パスワードは？」

瑠菜瀬は、織衣の冷たい声に震えながら、パスワードを言う。

ロックをはずし、アルバムを見ると、出るわ出るわ証拠の写真が。それを自分の携帯に淡々と転送していく織衣の慣れた手つきに、一番驚いたのは美智だった。

「なんでそんなの扱えるの!?　機械苦手だったじゃない！」

別にくわしいわけじゃない。若い子ほど扱いが巧みなわけでもない。ただ一般的な知識と慣れがあるだけだ。美智はおそらく、自分がそんなふうに使えないから、同い年の織衣もそうだと思いこんでいたのだろう。織衣は、パソコンや携帯が便利だから使っているだけで、そういうことは美智にも話していたはずだが、彼女は何も憶えていないらしい。

その時、ふいに思い出した。承平が結婚する前、別の友人から聞いた話を。

「あの娘、どうなの……？　変な噂があるけど」

わざわざ電話をしてきて何を言うのかと思えば、やれ男癖が悪いだの、高校を途中で替わったのは素行の悪さのせいだの、金遣いが荒いだの——瑠菜瀬の悪口を並べ立てたので、その友人とのつきあいの方を断ったのだ。瑠菜瀬は、少し礼儀が足りないところはあるが、根はいい子だとその時は信じていたから。

だが浮気が発覚して、友人の忠告が正しかったことを知った。浮気相手は元カレだけでなく複数いたし、高校もいじめの首謀者として退学させられていた。家計の管理もできず、美智からおこづかいをもらい続け、承平の預金まで使い込んでいたこともわかる。

あの頃の織衣は、自分に都合の悪いところを見ようとしなかった。美園を遠ざけてまで承平に結婚をゴリ押ししたので、その相手に問題があるとは絶対に認めたくなかったのだ。

床に這いつくばって許しを請う瑠菜瀬を見つめる、承平の絶望に満ちた顔が忘れられない。美園のことで言い合いになった時、「あなたのためを思って」とくり返す織衣へ向けた顔と同じだった。

この結婚こそ息子の幸せだと信じていたのに。どうして二度もあんな顔にさせてしまったのだろう。

それからしばらくして、承平は瑠菜瀬と離婚した。美智の実家からの上乗せがあり、相当額の慰謝料も払われ、その後、滝田と美智も離婚した。滝田は美智の実家の歯科医院を辞め、隣の市に自分の医院を開業した。患者はほとんどそちらへ移ってしまったという。

織衣は美智との関係を断った。瑠菜瀬がどうしているかは知らない。

承平は、以来仕事ひと筋だ。離婚をして十五年、浮いた噂一つない。再婚話を織衣が持ってこられるわけもなく、家の中でも必要以上の会話はなくなった。

最近、承平の酒の量が増えてきた。ビールの空き缶や焼酎の空き瓶でわかる。しかし、本人にはとてもたずねられない。あれ以来、同じ屋根の下で暮らしていても、腫れ物に触るように接しているのだ。

不安になった織衣は、それとなく息子の身辺を探った。すると、いきつけの飲み屋で開いた同窓会で、

「昔の婚約者が死んでしまって……」

と承平が言って、泣いていた、という話を耳にした。

織衣は真っ青になり、さらに訊いて回ると――美園は十年前に交通事故で亡くなっていた。承平はどうもそれを最近知ったらしい。

織衣も、ずっと美園のことが頭から離れない。

もしあの時、自分が承平と美園の結婚に反対しなかったら、彼女はまだ生きていたのだろうか。事故に遭ったのは、引っ越した先の自宅近くだったという。その土地に住んでい

なければ、死んでいなかったかもしれない。この家で承平とともに住んでいれば、子供も生まれて、笑い声がいつも響いていたかもしれない。承平のもっと明るい顔も見られたかも……。

息子の笑顔が消えて、もうどれくらいたつだろう。気がつけば、織衣自身もほとんど笑わなくなっていた。

変わらないのは夫のみだ。承平について相談をしても、いつも答えは同じ。

「君にまかせるよ」

織衣は愕然(がくぜん)となる。これほど家族に関心のない人だとは思わなかった。長年一緒に暮らしてきて、そんなことにようやく気づいた自分も情けなかった。

今織衣は、失望と後悔に押しつぶされそうな毎日を過ごしている。

そんな時に見つけたのが、あのサイトだ。

あの日に戻って、美園の部屋へ行く自分を止めたい、といつも考えていた織衣だったから、今こうして、自分自身の腕をつかんだまま、駅に向かって歩き続けている。

「離してください！」

と言いながらも昔の織衣は、強く振り払ったりはしなかった。もしかして、自分自身だとバレてる？

そう思った時、腕が一瞬ゆるんだ。昔の織衣は少し離れて、こんなことを言う。

「おばあちゃん、どうなさったんですか？」

おばあちゃん……。そうか。二十年たち、心労も重なったせいか、周囲より老け込んでいると自覚があった。目の前にいる織衣の見た目ならば、まだかろうじて中年の域だが、今の織衣はもう老人で……。相手が老人だから、乱暴に腕を振り払うことができなかったのだ。力を込めていたつもりだが、実際はそう受け止められていなかったのかも。

この織衣には、目の前にいるのが歳（とし）を取った自分の姿とはとても信じられないだろう。説明をしたところで、この頃の織衣は、自分の都合のいいことしか聞かない。説得をしようとしても無駄なのだ。

どうしようかと悩んだ末、織衣はこんなことを言った。

「お願い、今日は帰ってください」

昔の織衣は戸惑った顔になった。見知らぬ老人からそんなことを言われれば、誰でも似たような顔になるだろう。

「どうしてそんなこと言うんですか？」

「そこの駅からなら、乗り換えなしで帰れるから」

すでに入口が見えている駅を指さす。

「乗り換え……？」

「あなたの最寄り駅は――」

口にした駅の名に、昔の織衣の顔色が変わる。そういえばこの日は、家からタクシーで直接この町へ来たのだ。帰りもタクシーで、電車は利用しなかった。今の織衣が指さしている駅の名を知ったのは、昨日。乗換案内で調べたから。

「なんでその駅名を知ってるの……？」

その問いに当然うまく答えられるわけもない織衣は、

「帰って。早く帰りなさい。その方がいいの、きっと」

とひたすらくり返す。

昔の織衣は気味悪げに後ずさり、言われたとおりに駅へと向かう。改札からホームが見える。ちょうど入ってきた電車に昔の織衣が乗るまで、ずっと見ていた。

あとで引き返すことだってあるだろうが、少しでも時間がズレれば、何かが変わるかもしれない。

とぼとぼとアパートへ戻り、静かに美園の部屋のドアの前に立つ。あの時と同じ匂いがした。やはり夕食を用意してくれていたのかもしれない。沸いていたやかんのお湯も、温かいお茶などをいれるためだったのだろう。何を言われるか覚悟をしていたのかもしれないが、それでももてなしをと用意してくれていたに違いない。

今ここでドアを開け、帰った織衣のふりをしたら、未来はもっとよい方に変わるのだろうか。そんなことを思いながら、織衣はドアノブに手を伸ばす――。


はっと気がつくと、織衣は古ぼけたドアの前に立っていた。

さっきまで灯り（あか）がついていたはずのドアの向こうは真っ暗だ。

周囲を見回す。さっきと少しずつ違う。

ああ、戻ってきてしまった、と思った。時計を見ると、まだ七時一分にもなっていない。一瞬の出来事だった。

アパートの敷地から出る。何かが変わったのだろうか。郵便受けに藤島の名前はなかったから、ここにはもう住んでいないのだろう。

もしかして、承平と結婚してくれたのかも。

織衣はタクシーを拾い、急いで家に帰った。一刻も早く確かめたかった。

「ただいまー」

靴を乱暴に脱ぎ捨て、家の中へ入る。だが、人の気配はなかった。いつもと同じだ。夫も承平も病院に行っているのか。

　自分の部屋へ行ってみても、何も変わりがない。承平の部屋も。家中の部屋を回ったが、夫と承平と自分以外の人間がこの家にいる気配はない。

　気になって何も手につかないまま、夜は更けて、まずは夫が帰ってくる。彼は変わらないのではないか、と思っていたが、そのとおりだった。食事も外で済ませ、もう風呂に入って寝ると言う。

　でも、承平は？

「承平は遅くなるそうだ」

　と夫は言う。部屋がそのままでも、本当は家を出ているのかも、と期待したが、この家に住んでいるらしい。

　それでも、少しは変わっているのでは、と期待しつつ待つ。

　深夜になり帰宅した承平は、起きて待っていた織衣に驚く。確かに最近、こんなふうに出迎えたことなどなかった。家族はずっとバラバラだった。

「どうしたの？　何か用？」

「ううん、別に……」

　承平も変わっていないように見えた。やつれ具合も元気のなさも。少しは明るい顔でも見せてくれるのでは、と思っていたのに……。

「承平――」

何かたずねようにも、言葉が出てこない。何から、どこから訊けばいいのか。

うまくたずねることもできず、織衣はいつまでもキッチンのテーブルについたまま、動けなかった。眠れるはずもない。

「……どうしたの？」

振り向くと、ビールの空き缶を手にした承平が立っていた。

「こんな時間まで起きてるなんて珍しいね」

「そうね……眠れないの」

どうして眠れないのか説明しても、信じてはくれないだろう。あれはきっと夢だ。見たいと望んでいた幻。時空の狭間も夢。時間を超えるなんて、無理に決まっているではないか。

スマホを手に取り、あのサイトにアクセスした。あの日付は、もうなくなっていた。それだけだ。これが時空を超えた証明とはとても思えない。

「承平……お酒の量が増えてない？」

意を決してたずねる。

「うん、まあ……」

承平は、織衣の向かい側に座った。しばらく沈黙が流れる。こんなふうに座ること自体も、最近なかった。

「この間、同窓会があって――」

承平が静かに話し出す。織衣の背中が強張(こわば)った。自分から話してくれるの？

「同級生の子供が成人して、一緒に酒飲んだって話を聞いてさ」

相槌(あいづち)も打てなかった。

「ああ、もう二十年遅れてるんだって思って……父さんと母さんには悪いけど、孫は無理かも、と思ったんだよ。ごめん」

そう言って、承平はため息をついた。

織衣はじっと身構えて、話の続きを待つ。承平は、冷蔵庫からまたビールを取り出し、飲み出した。織衣はじっとその顔を見つめる。

「……何？」

「え？」

「なんでそんな目で俺を見るの？」

そんな目とは、どんな目なのだろう？

「いつもの話をしないでくれるのはありがたいけど」

「いつもの話って……?」

　おそるおそるたずねる。

「美園さんの話だよ」

　織衣はうつむく。いったいどんな話をしていたんだろう。まったく見当がつかない。

　聞かない方がいいのかも、と思っても、訊かずにはいられない。

「わたし、何言ってたかしらね……?」

「彼女と結婚すれば、今頃孫が抱けたのに、とかそんな話だよ」

　いつそんな話をしていたんだろう。美園が亡くなったのを知る前なのだろうか。いや、それより――。

「どうして……美園さんと結婚しなかったの?」

　そう訊くと、承平は少し驚いた顔になった。

「母さん、なんか今日は別人みたいだ。今まで一度もそんなこと訊いたことなかった」

　そう言われて、返す言葉もなかった。しかしそのせいか、承平は話を続けた。

「なんでだろう……。まあ、俺が頼りなかったせいだろうな」

　そんなことない、と言いそうになったが、声が出ない。

「母さんが結婚に反対してたのに、俺はちゃんと説得しなかった。結婚すればなんとかなるくらいにしか考えてなかったんだ。別れを告げられた時、美園に、

『お母さん、結婚に反対してるでしょ？』

って言われてびっくりした。彼女には何も言わなかったし、悟られてるなんて思いもしなかったから。

『母さんが何か言ったの？』

そう訊いたけど、

『何も言われてないけど、わかる』

って言われてね」

あのあと、自分に「帰れ」と言われて帰った自分が何をしたか、次第に思い出す――というか、もう一つの記憶が今の自分に馴染んでくる。

織衣は、美園のアパートの前で会った見知らぬ女性に言われたとおり家へ帰ったはいいが、そのあと何もしなかったのだ。美園にドタキャンしたことの謝罪もしていない。つまり、無視だ。ただの無視。奇妙な出来事に気を取られて、すっかり忘れてしまったのだ。

そりゃあ、もてなそうと準備をしていたのになんの連絡もなくすっぽかされ、そのあとのフォローもないとなれば、こちらの気持ちなんてあちらに見透かされる。「手を切れ」

と言ってはいないが、言ったも同然だ。

こっちに言われて身を引いたのではなく、あちらがこっちを見限った。そういうことだ。

「そ、そのあと、美園さんは……」

「いや、細かいことは知らない。三年くらいしてお母さんが亡くなったっていうのは聞いたけど」

それが、変わったこと……？

「お母さんが入院した病院近くに引っ越して、今もそこに住んでるんじゃないかな」

何気ない様子で承平は言う。え、住んでるって……亡くなっていないの？

「それってどこ？」

承平は隣の県名を言う。

「え……？」

「何そんなに驚いてるの？」

「今もそこに……って……」

遠方に引っ越したのではなく、隣の県に？

「いえ、今も……元気で……？」

「生きてるの？」と言いそうになった。

「元気だよ。今は二人の子供のお母さんだ」

それを聞いて、織衣は泣き出した。

「母さん、どうした⁉」

承平が立ち上がったが、織衣の涙は止まらない。

それはうれし涙だった。美園は死んでいない。今も元気でいる。

多分、変わったのはそれだ。わたしたちは変わっていないけれど、彼女は生きている。

心からうれしいと思えた。


あとから思い出した。承平が美園と別れたことも、瑠菜瀬との結婚も、何も変わっていなかった。織衣が美智と絶縁したことも。

美園が生きていて、彼女自身の人生を歩んでいる以外は、何も変わっていない。

今、幸せなのだろうか。

会って謝りたい、と考えたが、すぐに思い直した。彼女は自分から承平や織衣たちと縁を切ったのだ。それで若くして死ぬ運命から逃れられたのかもしれない。謝ろうと近寄っても、いやなことを彼女に思い出させるだけだし、それは織衣の自己満足だ。許してもらえない、という気持ちを抱えて生きていくしかない。

承平とは、少し話をするようになった。一緒に飲むこともあるが、酒に弱い織衣に合わせて、彼も飲む量が減った。少なくとも家では。

「俺は、父さんに似てるんだよ」

承平は言う。

「家庭に向いてないんだ。仕事をしてる方が楽なんだよ。美園さんと結婚したとしても、いい家庭を築ける自信があの頃もなかった。彼女もそれに気づいてたんじゃないかな。瑠菜瀬のこともほったらかしてたし。それぞれが楽しければ、それで結婚生活はうまくいってる、と思いたかったのかもしれない」

寂しそうではあるが、妙に吹っ切れたような顔をしていた。

「父さんに聞いたことあるよ。母さんは昔、医者になりたかったんだって?」

承平にそう言われて、織衣はとても驚いた。

「『きっと俺より優秀な医者になってたと思うよ。もったいない』って父さん言ってたけど」

悪気のない夫の声が聞こえてくるようだった。そんな昔のこと、織衣も忘れていたのに。ううん、忘れようとしていたのに。

成績がよかったし、担任の教師からは医大も狙えるし、当然進むと思われていたようだったが、母に反対されて叶わなかったのだ。それは、織衣の役目ではないと。言われるまま短大に進学し、夫と見合い結婚をした。親の敷いたレールの上を進むのが一番だ、と小さな頃からずっと言われ続けてきた。兄より成績がいいことも責められていたし、兄が行けなかった大学へ行くなどもってのほかだった。

でも医者になりたいと、自分は思っていたのだろうか。本気で反抗したこともない。それとも、その芽を親に摘まれてしまっただけなのだろうか。

遠い昔のことはもうよく思い出せなかった。ただ、子供の頃から自分の世界が、すごく狭かったことは確かだ。そのために、信じたいことしか受け入れなかった。

美園の運命があの夜に変わったように、わたしも変われるんだろうか。

とりあえず、最近は少し笑えるようにはなった。承平に美園や瑠菜瀬の話もしない。彼も少し穏やかな表情になってきた。

たまに、親の反対を押し切って、医大に進んでいたらどうなっていたのかな、と考える。あのサイトにまた行ってみようか、とも考えるが、今の織衣は、いつどこに戻ればいいのかわからなかった。大学受験の時なのか、それとももっと前の子供時代なのか。

いつから織衣は、人の話を聞かなくなったのか。それは……やはり自分の話を誰も聞いてくれない、とわかっていたからだろうか。

どこに戻るつもりもなかったけれど、もしまた戻れたら、自分の話を聞いてあげたい。否定しないで。さえぎらないで。ただ黙って、うなずきながら聞いてあげたい。

それを想像するだけで、織衣の中の小さな少女が、笑ってくれるような気がした。そして、その少女の笑顔が、今の自分を慰めてくれるのだ。

メッセンジャー

宏伸（ひろのぶ）の母方の祖母——むつ子さんと呼んでいる——の思い出話の中に、「ばあちゃん」という登場人物がいる。

そう呼んでいるのであれば、当然祖母の母の母（ややこしい）だろうと普通思うが、どうもそうではないらしい。

「家にいた歳（とし）を取った人のことは、当時みんなそう呼んでた」

と、むつ子さんは言った。現在大学生の宏伸が小学生の頃のことだ。夏休みの宿題で、「お年寄りの話を聞こう」みたいなのがあり、軽い気持ちでインタビューしたのだ。

「区別つかなくならない？」

疑問に思ってたずねると、

「名前がわかる人は、〇〇ばあちゃんみたいに言ってたけど、その人のことはただの『ばあちゃん』って呼んでた。名前は聞いてたと思うけど、忘れた」

「ばあちゃん」と暮らしていたのは五歳くらいまでだったので、記憶も薄れているし、名前がわからないことをそれほど気にしなかったらしい。まあ、子供なんてそんなものだよな。自分も幼稚園の頃すごく仲の良かった子の顔は憶（おぼ）えているけど、名前が出てこないとか普通にある。

つまり、むつ子さんも同じような感じらしい。名前は忘れたし、顔ももうおぼろげだが、大好きだったという記憶が残っている。とてもかわいがってくれたからだと。

むつ子さんは、県内でも有名な豪農の出だ。地域の歴史資料館に家屋が移築され、隣接した川にあった水車小屋も保存されている。太平洋戦争後に没落したという家の本宅はすでにないが（移築されたのは残った離れのみ）、とにかく広く立派で、親戚（しんせき）やら奉公人やらも一緒に暮らしていた大所帯だったという。

まあ、むつ子さんとその母ツネさんは、むつ子さんが五歳の冬に家を出て、実家に戻ったそうだから、宏伸というか、今のうち――吉崎（よしざき）家とは何も関係ないのだが。

「その『ばあちゃん』って親戚だったの？」

子供特有の無神経さで、宏伸は根掘り葉掘りたずねた。

「そうなんじゃない？　家の奥の方の部屋にいたもの」

「場所によるの？」

「なんとなくね。居候の人とかは玄関に近かったよ」

「いそうろうって？」

初めて聞く言葉だ。

「ただ家にいるだけの人だよ」

「え、それは……僕だってそうじゃない？」

学校に行ってるのはどうなの？

「宏伸はこの家の子供でしょ？　えーと……例えば近所のおうちの子が、自分ちに帰らないで毎日宏伸の家のごはん食べて、あとはずっと遊んでる、みたいなことかな？」

「お手伝いもしないの？　学校は⁉」

「何もしないし、どこにも行かないよ」

「その人なんで住んでるの？」

「まあ、住むところがないから、みたいな？　大きい家だと寝る場所はいくらでもあるし、ごはんも一人分増えたからって大して変わらないでしょ？」

小学生に「居候」は衝撃だったが、

「その『ばあちゃん』はそういう人じゃなかったの？」

そうたずねると、

「野良仕事や家事はやってたよ。それをやってるから置いてもらってたっていうのはあるかもしれない。奥の方の部屋にいたように思うけど、すごく小さくて日当たりが悪かったから、もしかして納戸(なんど)だったのかも」

「納戸って何?」

「物置の部屋みたいなところだよ」

「ええー……ハリー・ポッターみたいな?」

「……えーと、そうだね。けど、あそこまで狭くはなかったよ」

ああいう狭い部屋には別の魅力があるけれども。秘密基地みたいで。

「そこにいつも一人でいてね。あたしも一人でヒマだったから、しょっちゅう遊びに行ってて」

むつ子さんはそう言うと、ふっと寂しげに笑った。

「かわいそうだと思って、面倒見てくれてたんだろうね」

「ふーん」

小学生の頃の宏伸に、沈んだ年配女性のフォローができるはずもなかった。

インタビュー後は、むつ子さんが住んでいた昔の住宅のことなどもまとめて壁新聞を作り、学校へ提出した。夏休み中に資料館へも行ったから、調べるのは楽だった。先生にほめられたことだけは憶えている。

それからたまにむつ子さんから「ばあちゃん」のことを聞いた。ばあちゃんに教えてもらった折り紙の折り方、草笛の作り方、花や木の名前、雲の見方、針の使い方――宏伸のインタビューをきっかけにいろいろ思い出したらしく、それからしょっちゅう聞かされた。実の祖母の話は一切出なかった。

　そして現在。

　むつ子さんは認知症のため、施設に入っている。宏伸はたまに訪ねるのだが、最近彼女は「ばあちゃん」の話をすると泣くようになった。

「あたしがばあちゃんを殺したのかもしれない」

　最初に聞いた時は仰天（ぎょうてん）した。そんなことを告白されるとは、思ってもみなかったから。

「それはないでしょ」

　宏伸は、とっさにそう返すしかない。けれどむつ子さんは、

「ばあちゃん、ばあちゃんに会いたい。ごめんなさいって言いたい」

　そう言って、ずっと涙を流す。

　もしかしたら、このような罪悪感を昔から抱えていたのかもしれない。でも、それは宏伸に言っても仕方がないこと。そう思っていつも笑顔で話していたのだろう。

　むつ子さんの話はだいぶとりとめがなくなっていたが、認知症になる前から聞いた話も含めてまとめるとこういうことらしい。

当時のむつ子さんは五歳。豪農の家に嫁いだ母親ツネさんは、農作業と家事にいつも駆り出され、毎日休むヒマもなかった。父親は当然娘の面倒は見ず、舅や姑たちにも見向きもされなかった。跡継ぎの男子を生まなかったことも責められたらしい。

放っておかれたむつ子さんの面倒を見てくれたのが「ばあちゃん」だったが、彼女は決してむつ子さんと母親の間に割って入ることはなく、ツネさんのことも助けてくれていたという。

「とても優しい人だった。大好きなばあちゃんだった」

事件が起こったのは、ある冬の午後。ばあちゃんとむつ子さんが河原を散歩していると、突然ばあちゃんが泣き出したので、むつ子さんは必死に慰めた。だがばあちゃんは泣きやまない。困ったむつ子さんは、ツネさんを呼びに行こうと立ち上がった。その時、雪で足を滑らせて、川に落ちそうになった。ばあちゃんは、むつ子さんをかばって川に落ちた――ということらしい。

「それでばあちゃんは死んじゃったの……寒かったから」

いや……それが事実なら、むつ子さんのせいじゃないよね？　ただの事故でしかない。

しかしその部分を聞いたのは施設に入ってからなので、むつ子さんは慰めてもあまり聞き入れなくなっていた。

「あたしがいなければ、ばあちゃんは川に落ちて死ななかった。ばあちゃんに会いたい。謝りたい」

そう言って泣く。

「どうしてばあちゃんは泣き出したの？」

「わからない……」

「ばあちゃんとむつ子さんの他に人はいなかったの？」

「わからない」

想定内だけれどそんな答えだけが返ってきた。

最近は、この話をしては号泣し、宏伸が慰めて終わる。孫の存在が、自分の「ばあちゃん」を思い出すきっかけになるのかもしれない。他の親族との面会では、その話題に限らないらしいので。

とはいえ、本当の気持ちはわからない。まだ宏伸のことは憶えているけれど、もうしばらくするとむつ子さんと話もできなくなるかもしれない。

できれば「ばあちゃんに会いたい」という願いを叶えてあげたいが、親戚でむつ子さんより年上はいない。彼女が住んでいた地域は同じ県内だが、もうそこに住んでいる縁の人もいない。親世代であっても事情を知っている者が誰もいないのだ。

一応、保存されている古民家と水車小屋は見に行ってみた。小学生の頃以来だ。あの頃、歴史資料館はできたばかりだった。大人になって改めて見ると、こぢんまりとしているが、建物は新築の頃と変わらずきれいだし、周囲は公園のように整備されている。

古民家は資料館の庭に移築されているが、水車小屋は隣接した川にそのまま在る。修繕された水車が、当時のように回っていた。いや、今は時間を決めて電気で動いているらしい。昔は主に小麦を挽(ひ)いていたとのこと。

地域の歴史が見やすく展示されている資料館には、古民家の住人について——つまりむつ子さんの父方一族についてもまとめられているが、女性に関する記録がほとんど残っていないらしく、「ばあちゃん」の正体はわからない。学芸員の人にも訊(き)いてみたが、首をひねるばかりだ。

調べてはみたものの、あっさり八方塞(ふさ)がりとなった。まあ、そんなもんだよな。手がかりが少なすぎる。だいたい資料館まであるというのに、これ以上素人(しろうと)の大学生にどう調査しろというのか。何かわかったら連絡してほしい、と学芸員の人に言うくらいが関の山だ。

貧乏だったり戦争で親しい人を亡くしたり、歳を取ってからは病気に苦しめられた人生を送ってきたむつ子さんだから、余生は穏やかに過ごしてほしい、と願ってきた。しかし、過去の記憶に苦しめられ、泣く姿はどうしようもなく切ない。大好きな祖母だから、なおさらだった。

　でも、宏伸にできることはないのだ。

そんなある日、不思議なサイトのことを思い出した。

少し前に友人たちの間で「なかなか中二病のサイトがある」と噂されていたのだ。どう「中二病」かというと、

「タイムトラベルができるサイトらしい」

サイトでタイムトラベルってどういうこと？　その時は説明した奴が下手だったのか、こっちが真面目に取らなかったのか、仕組みがよくわからなかった。本当に過去に行けたら、楽しそうだし、面白そうだな、としか思わなかった。

しかし、むつ子さんに会いに行った帰り道に、ふと「自分ではなくむつ子さんみたいな人こそ過去に戻りたいと思うのではないか」と思いついた。タイムトラベルができたら、彼女の言うことが本当かどうかわかる。

　今日もむつ子さんは、

「ばあちゃんに会いたい、謝りたい」

そう言って泣いていた。

友だちにサイトのことをたずねると、さっそく返事が来た。

『「時空の狭間」で検索すると、すぐ出てくるよ』

そんな簡単でいいのか、と思ったが、本当にすぐ出てきた。

そこは、不思議というより、不気味と言った方がいいかもしれないサイトだった。真っ黒な背景に、見づらい赤い文字が羅列されているだけで、どう見ても怪しい。


あなたのための時空の狭間が、ここにあるかもしれません

これはサイトの名前？　それとも、説明文……？　これ以外は文字――っていうか数字しか並んでいないのだが。

数字を見ているうちに気づいた。これは年月日と時間だ。つまり、この日付に戻れる時空の狭間ってこと？

日付か。それはハードルが高い。むつ子さんの記憶だけでは「五歳の冬」としかわからないのだ。まあ、生年月日はわかっているから、年は計算できる。でも、昔の人だと数えで年齢を言う場合もあるし、そうなると一年はズレてしまう。

とはいえ、日付がわからない段階では何を心配しても無駄なんだけどなー、と思いなが

ら、次に会いに行った時、何気なく訊いてみた。

「むつ子さん、そのばあちゃんが川に落ちた日っていつだかわかる？」

するとむつ子さんは、

「大晦日(おおみそか)だったよ」

とあっさり答えた。

「えっ……！　そ、そうなんだ……」

「お正月が明けて、お母ちゃんと家を出たの」

それが本当なら、すごいヒントなんだけど！　彼女の記憶が正しいかどうかは、その時その時で違うから。

「じゃ、じゃあ時間はどのくらい？」

「午後だったってことしか憶えてない。夕方じゃなかった」

生年月日から例の出来事が起こった大晦日を割り出した。といっても一年ズレている可能性はあるし、だいたいあるわけないし——とサイトを調べてみたら、満五歳の時点の大晦日が書いてあった。

時間帯は、「午後」で「夕方じゃない」——こちらは曖昧(あいまい)だが、サイトに書かれている時刻は十四時三十分。

いやいや。偶然でしょ？　時間まで正確じゃないとダメっぽい感じじゃん。この時間に戻りたいと思う人、けっこう他にもいそうだけど？　わかんないけど。

事前に友だちから、

「結局、何も起きないし、何もわかんないから」

と言われていたので、宏伸はその日付と時間をタップしてみた。何も起こらないと知っていてもドキドキした。だってほんとになんの説明もないから……。

すると、

この数列は、ある日付、ある時間へ戻れる時空の狭間を表しています。この数列に心当たりのある方なら、どこへ行けばいいのかわかっているはずです。

時空の狭間には期限があります。数列の表示は予告なく消えますので、お早めにご利用ください。

あっけなく、そして素っ気なくこんな説明が出てきた。それだけ。問い合わせはできないの？

どこかにメールアドレスとか問い合わせフォームがあるのでは、と探したが、何もない。

ほんとに何も起こらないし、何もわからない。

一番訊きたかったのは、当事者じゃなくても大丈夫なのか、ということだ。むつ子さんの過去へはむつ子さんしか戻れないのか。「時空の狭間」というくらいだから、そこへ入り込めれば誰でも利用できるの？　そもそもそれはどこにあるのか？　――というようなことをもっとくわしく教えてほしい。

でも、それはできなそう。

思ったほど怖いサイトではないようだが、不可解さは増した。わからなすぎて、心折れる人もいるだろう。

「どこへ行けばいいのかわかっている」っていうのもな……。けどむつ子さんの場合は、あの水車小屋のあたり？　あれは場所が変わっていないから。

前に行った時は、何も起こらなかったけどな。同じ日付、時間じゃないとダメなのかな、と思って、それもたずねたかったのだが。

しかし「戻れる」としか言っていないということは、多分こっちの日付とかは関係ないのだろう。あと「期限がある」ということは、突然消えたり出てきたりするものなのかもしれない。何しろ「時空の狭間」だから、そんな長期間あるとも思えないし。

まあとにかく、この日付が一年ズレている可能性もあるわけだし、あまり期待しなければいいかな。そんなに遠いところじゃないし。

過去へ行けないとしたらつまり、何も起こらないわけだし。行くだけ行ってみるか。いやもう、どーせ何も起こらないだろうけど。


宏伸は天気のよい日曜日の午前中、再び水車小屋が保存されている歴史資料館へ赴いた。と言っても、何かすることもなく——資料館をぶらぶらと見て、あとは水車小屋周辺で過ごした。外で過ごすにはちょうどいい季節だった。夏までもう少しの季節で、上着がいらないくらいだった。家を出た時はけっこう涼しかったんだけどな。

古民家から水車小屋がよく見えることに気づいた。さっそく宏伸は縁側に座って、回っている水車をながめる。

のどかだな……。むつ子さんもこんなふうに水車をながめたりしたんだろうか。そういえば、これで何挽いてたんだっけ？　米？　粉？　……そうだ、小麦だ。けどなんのため？　パン？　いや、時代から見てパンじゃないな。えーと……うどんとか？　そばは？　そばも挽いてたのかな。そういえば、なんか近くにおいしいうどん屋だかそば屋があるってネットで見たけど、帰りに食べてこうかな——。

このままひなたぼっこして終わりそう、と思った瞬間、どすんと尻もちをついた。

あれ？

宏伸は地面に座り込んでいた。周囲は枯れた草だらけだった。何これ？　どこここ？縁側に座ってたはずなのに！

しかも寒い。地面に置いた手が冷たい。雪が降ってる⁉

宏伸はあわてて立ち上がって周囲を見回す。

「どこなの⁉」

小さいが趣（おもむ）きのある資料館が建っていたはずなのに、あたりは何もなかった。川には護岸工事もされていない。岸まで枯れた草が生えていて、遠くに山と森？　が見える。

そして、ガタガタとリズミカルな音が聞こえる。振り返ると、さっきまで見ていた水車がそこにあった。そっくり同じではなかったし、ちゃんと水力で回っているようだが……。

「え、まさか……」

マジかよ、ほんとに過去に戻ったの⁉

誰もいないから確かめられないけど、一応、

「わーい、やったー！」

と叫んでおく。けっこう興奮していた。

すげー、ここら辺ほんとに何もなかったんだな、と資料館で見た写真を思い出す。何も

ないのにどうして撮ったんだろう、と失礼なことを思うが、それが資料ってもんだった。

それにしても時を超えた時の感覚、まったく憶えてないいんだけど！　ぼけっとしてたからっ。もったいない……。ちょっと腹減ってたのがいかんかった。腹いっぱいでも眠かったかもしれないけど！

まあ、一瞬のことみたいだから、しょうがないか……。

それよりせっかく過去に戻ったんだから、何しよう⁉

——何しようじゃねえよ、決めてたことあったろ、と自分で自分にツッコむ。

ここがむつ子さんの言ったとおりのところなら、例の「ばあちゃん」がこれから死ぬかもしれない。

ばあちゃんの死を阻止できるかも、俺！

うーん、映画とかアニメでこういうシチュエーションあるよね。かっこいいセリフとか自分でも言えるかな？

といっても誰もいないのだが。セリフとか考えてる場合じゃないほど寒いし！

その時、遠くの方から人の声が聞こえてきた。子供の声だ。歌を歌ってるみたい。

ど、どうしよう。いきなり出ていって驚かせても……。「あなた、これから死ぬから気をつけて！」とか言っても信じてもらえるわけない。もちろんばあちゃんたちではないかもしれないし……。

とにかく水車小屋の陰に隠れて見張り、誰かが川に落ちたら素早く助ける、という心構えでいいかな。むつ子さんは小さすぎて助けることもできなかったんだよな……。幸い自分は無駄に体格がいいので、なんとかなるのではないか。川の流れとか深さとか、よくわからないのが不安だが。

ちらちらと雪が降っているのにも気づく。寒い……。上着が薄い。さっきいらないとか言ってごめんなさい。わかってたらもっとぶ厚いコート着てきたのに……わかってたらってなんだよ、ここに来られるなんて本気で信じてなかったのバレバレだよな。

子供の声がどんどん近づいてくる。聞いたことがない歌——と思っていたが、むつ子さんが施設に入ってからよく口ずさむようになった歌と似ているような……鼻歌みたいな感じだから、ちょっと自信ないけど。母が言うには、むつ子さんの出身地——つまりここら辺の民謡らしいが。

「ばあちゃんも一緒に歌って」

そんな声が聞こえた。ばあちゃん。やはりあの「ばあちゃん」だろうか。耳をすますと女性の声がかすかに混じり始めた。きれいな声……。お年寄りの声とは思えないのだが。

やがて、二人の人影が見えてくる。子供と女性。子供はむつ子さんだった。間違いない。

顔、変わってないなな。そしてもう一人は──白髪がいっぱいだったが──あれ、顔はそんなに歳には見えないような……。まるで親子みたいだった。

「ばあちゃん、雪だよ」

「そうだね」

「寒いねー」

「ねー。早く帰ろうね」

女性は風呂敷に包んだ荷物を持っていた。

水車小屋の脇を二人が歌いながら通り過ぎた時、反対側からのしのしと男性が歩いてくるのが見えた。こちらは明らかに老人で背は低かったが、体格がよく、腕がものすごく太い。レスラーのような体型だ。しかも顔がとても険しい。

「おせーな！」

突然怒号が響いて、宏伸も驚く。むつ子さんがびくっと身体を震わせたのがわかった。

「ご、ごめんなさい……」

ばあちゃんは棒立ちになり、口ごもりながら謝る。

「まったくなんの役にも立たねーで！」

そう言って、彼女の手から乱暴に風呂敷包みを奪い取る。それを見て、むつ子さんが火がついたように泣き出した。

「うるさい！」

男は太い腕を振り上げ、むつ子さんを殴ろうとした。

「やめて、父ちゃん！」

ばあちゃんがむつ子さんの前に身を投げ出した。男の手が彼女の顔に当たる。よろけた彼女は、そのまま足を滑らせ、川へ落ちた。

「あっ！」

思わず宏伸は声をあげたが、水音に消される。

男は川に落ちたばあちゃんに見向きもせず、むつ子さんの腕をつかんで、ずんずん歩いていく。

宏伸は川に素早く近づいた。男は振り向かない。このまま気づかないでくれ。

すでに彼女は少し流されていた。思ったよりも深くて流れが速い！　細い川なのに！

岸に這（は）いつくばって手を伸ばし、着物の襟（えり）をやっとつかんだ。

「ばあちゃん！　ばあちゃん！」

むつ子さんはばあちゃんの元に戻ろうと子供なりに抵抗していたようだが、大人の力にかなうわけもなく、ひきずられるようにして草むらの中に消えていった。男の怒鳴る声に、むつ子さんの泣き声も聞こえなくなる。

宏伸はばあちゃんの襟をつかんで流されないようにするのがやっとだった。水を吸った着物は思ったよりも重い。ぐったりとしているのは顔に手が当たった時に失神したのだろうか。

ヤバい。助けられると思っていたけど、全然引き上げられない。水もめちゃくちゃ冷たい。このままだとほんとに凍死しちゃうよ！　助けに来たのに！

その時、宏伸の脇から二本の腕がにゅっと出てきた。ばあちゃんの肩をがっしりつかむ。

「上げるよ！」

声の勢いに押される。言われたとおり、合図に合わせて、ばあちゃんを岸に引き上げた。

うおお……手が震えてる。俺、全然力ない……。

肩で息をしながら顔を上げると、中年の女性がばあちゃんの顔をぺちぺち叩いていた。

「たかちゃん！　たかちゃん、しっかりして！」

ばあちゃん――たかって名前だったのか。

女性はくるっとこっちに向いて、

「ちょっと手伝って！」

「えっ、俺⁉」

いや、俺しかいないけどね。

「うちに運ぶから。肩貸して」

「は、はい」

両方から支えて、立ち上がる。ばあちゃん――たかさんはぐったりしたままだ。女性はやせていたが、思ったよりも力がある。

「だ、大丈夫ですか、この人……」

「わかんないけど、とにかくあったかくしなきゃ」

二人でたかさんを女性の家へ運ぶ。顔とか真っ白で、手が氷のように冷たく、意識はないようだったが、まだ生きている。

「お父ちゃん！　たかちゃんが川に落ちた！」

そう女性が玄関口で叫ぶと、ひょろっとした男性が出てきて、さっとたかさんを担ぎ上げ、軽々と家の中に連れていってしまった。すごい。さっきの老人よりも年上みたいなのに。

女性も続いて家に入っていってしまう。うっ、どうしよう俺……もう用済みなんだろうか。でもたかさん、あんな白い顔をしてたし……大丈夫かな。不安だ。

そんなこと考えていたら、男性が戻ってきた。

「いやあ、ご苦労さん。ところでどなたさん？」

軽い感じで質問をされる。

「えーっと……」

どう説明をすれば。

「ここら辺じゃ見ないなりですね。都会の人？」

過去に行くことを見越したわけではないので、この時代の人にはどんなふうに見えているのかさっぱりわからない。

「えーと、そうですね、都会から来ました」

とりあえずそう言うしかない。

「田口さんとこにご厄介になってるんですか？」

田口って、資料館で見たあの豪農の家――むつ子さんの生まれた家の名字だ。

「いいえ、違います」

来たばっかりだし。

「ならよかった。あったまっていきなさい」

そう言って「早く入れ」とうながされる。え、いいのかな。戸惑っているうちに、男性はさっさと家に入っていく。寒い……。

「お邪魔します……」

広い土間におそるおそる入ると、思ったよりも暖かかった。

「上がって」

うっ、靴を脱がねばならない。紐付きのスニーカーはめんどくさいが仕方ない。

「座って座って」

囲炉裏端に座布団が敷かれていたので、そこに座った。たかさんはもう乾いた寝間着に着替えさせられ、そばのふとんに寝かされている。まだ顔色は悪いけど、眠っているだけみたいだった。

「ふさ、なんでたかちゃん、川に落ちたの？」

お茶を出してくれたのは、年配の女性だった。「ふさ」という中年女性の母親らしい。

二人でたかさんを着替えさせたのか。早業だな。

「あたしは知らない。この人が着物押さえてたから、一緒に引き上げたんだよ」

「何があったの？」

こっちにたずねてきたので、

「ええと……」

むつ子さんのことを知っているとは言わずに、見たままを説明してみた。

　すると、ふささんの目が釣り上がる。

「またあのクソじじいは！」

「ふさ、口が悪い……」

「いいの！　あんな奴、クソに悪いくらいだわ！　この人がいてくれなかったら、たかちゃん流されて死んでたかもしれないよ」

　え、俺、ちゃんと彼女を救えたってこと？　実感は薄い。だって、ふささんがいなかったら岸に上げられなかった……。思ったよりも非力な自分に落ち込んでいたのだ。

「あのおじいさんは誰なんですか？」

「田口の惣領（そうりょう）だよ」

　そ……ああ、家で一番偉い人。家長ってことか。

「たかちゃんの父親ね」

「ふーん――ええーっ！」

　怪しいまでにうろたえてしまった。まあ、自分の存在自体、すでに怪しいけど。そういえば「父ちゃん」って言ってたような。

「田口の惣領は横暴でさ、息子たちばかりひいきして娘たちはみんな苦労してんの。たかちゃんも勝手に縁談決められて嫁に行かされたけど、子供ができないからって帰されて。

それからもう下働きみたいな扱いよ。器量よしだったのに、こんなに白髪増えちゃって。まだ若いのに。お嫁さんもむつ子ちゃん生んだら同じような扱いで」

ふさえさんは吐き捨てるように言う。そうか。ばあちゃんことたかさんは、むつ子さんのおばさんだったのか。白髪が多くておばあさんみたいに見えていただけだったのだ。

「むっちゃん……」

その時、たかさんがぼそっとつぶやいた。

「たかちゃん？　どう？　大丈夫？」

「……ああ、ふささん。大丈夫」

小さな声だが、しっかり答える。顔色もよくなっていた。

「むっちゃんは……？」

その問いに、ふささんは宏伸を見た。

「あ、えーと、おじいさんが家に連れて帰りました」

見届けたわけじゃないけど、多分。ちょっと不安になるようなことを言ったかな⁉　でも、むつ子さんはお正月が明けたら実家に戻るんだから、あの家にはそんなに長くいないはず——とは言えない。

「むっちゃん……」

さめざめとたかさんは泣き出した。

「たかちゃん……もう、このままだと本当にあのじいさんに殺されちゃうよ」

たかさんは無言で目を閉じる。

「行くところないもの……」

「あるでしょ？　さっき話したじゃない。うちの店に来なよ」

ふささんが言う。たかさんはそれには答えない。

「あたしがさっき居合わせたのだって、やっぱりもっと説得しようと思って追いかけたからなんだよ。たかちゃんなら妹みたいなもんだし、気心が知れてるから、うちの店で働いてくれれば、あたしも助かるの」

「あの――」

宏伸が手を挙げる。

「店ってなんの店ですか？」

「隣の村で旦那（だんな）と飯屋やってんのよ。おかげさまで繁盛してってね。いしづかっていうの、食べに来てね」

「へー」

「うちの二階に住み込めばいいから。家財道具もあるし、身一つで来ればいいよ」

川に落ちた人を助けるくらいだから、面倒見はすごくよさそう。

「でも……あたし、やってけるか……」

たかさんはためらっている。

「大丈夫だよ。たかちゃんは働き者だし、どこでだってやってけるよ」

「家のことしかしたことないし……お店でお客さんに何言えばいいのか……」

「教えてあげるし、なんなら厨房(ちゅうぼう)にいてもいいし。とにかく手が足りないんだから。もうこのまま来ちゃってもいいよ！　しばらく死んだことにしとけば？」

うわあ、すごいこと言ってる。

「まあ、あのじじいは特になんとも思わんだろうけど」

ぼそっと言ったのは、ふさの父親（多分）だった。こ、怖い。

あ、けど……そうなのかも。もしかして、ツネさんもたかさんが死んだと思いこんで、それで急いで家を出たのかもしれない。今度はむつ子さんか、あるいは自分が殺されるかもって思って。

ふささんはさかんに説得するが、それでもまだ、たかさんは「でも……」と言い続けている。

「帰らないと、怒られるから……」

なんて言ってる。

「何が心配なの？」

ふささんが言う。

「家を出て、そこでうまくいかなかったら帰るところがないって？」

ためらったのち、たかさんはうなずく。実家にはもう頼れないし、後ろ盾がなくなるのは不安なんだろう。

しかし。

「あのう、さしでがましいようですが」

一度言ってみたかったセリフ！

「すごくいい就職条件だと思うんです」

印象だけだけど。

「家賃は取るんですか？」

ふささんにたずねる。

「住み込みだから取らないよ！　働いてくれればそれでいいし、お給金ももちろん出すよ」

「休みなんかはどうでしょう？」

「うちに来てる女の子は、週に一度は交代で休んでもらってるよ。盆と暮れにも休みあるからね」

週休二日制はまだ定着していないとしても、長めの休暇は取れるのね。

「福利厚生とかは――」

「ふ、ふく……?」

「あ、いや忘れてください」

「服はおそろいのを店で着るし、普段も身ぎれいにしないと店の評判にもよくないから、仕立ててもらったり、反物とかも支給するよ」

かなりいいような気がする。書面では残せそうにないが。

「たかさん、お店で働いてみたらどうですか?」

宏伸は言う。見ず知らずの怪しい男にそんなことを言われて、たかさんはだいぶ驚いたようだったが、

「けど、お客さんの相手とかできないし……料理もそんな得意じゃない……店で出すような料理なんかできないし」

やはりそうくり返す。

「得意じゃなくたって、できるでしょう?」

そう言うと、たかさんはきょとんとしてうなずく。得意じゃなくてもやらされてきたんだろうから。

「慣れるまで厨房で教えてもらいながら料理して、様子見ながらフロアに出てもいいじゃないですか。得意じゃなくてもできることでお金もらえるんですよ」

給料の相場がわからないから、高いか安いか判断できないのはつらいが。

「お金……？」

「まあ、あとは人間関係ですけど……それこそ運ですよね。合う合わないもあるし。これがきついとただのバイトでもつらい……」

たかさんはぽかんと宏伸の顔を見つめている。

「でもまあ、人間関係は今、確実に悪いじゃないですか。モラハラＤＶ野郎とつきあっていくのは大変なんです。そういう人からは、距離を置くのが一番だそうですよ」

ふささん一家にも変な目で見られて、はっとする。

「……って大学で習いました」

ハラスメントやＤＶについて、大学入学時のオリエンテーションで教わったのだ。

「ああ、学者さんなの！　それでよくわかんないこと言うんだね」

ふささんが合点がいった、という顔をする。学者ではもちろんないが、反論はしないでおこう。ややこしいから。

「……父ちゃんは変わらないってこと……？」

たかさんの独り言のような質問に、宏伸はうなずく。

「あたしもそう思う」

ふささんも同意する。

「あの人は変わらないよ。変わってほしいと思うたかちゃんの気持ちもわかるけどね」

たかさんはまたはらはら泣き出した。ふとんに涙がどんどん染み込んでいく。

「変わらないも何も……最初からあんな奴だからな」

ふささんの父親の言葉に、またたかさんは泣く。

「なんで余計なこと言うの？」

ふささんにたしなめられる。

「だって子供の頃から変わらないから……」

ふとんの中でたかさんは子供のように泣き続けていたが、やがて、

「ふささんのところに行きたい……」

とつぶやいた。

「でも、むっちゃんが心配で……」

宏伸は我慢できず、つい、

「大丈夫です。むつ子さんとお母さんは、正月明けたら実家に帰りますから」

と言ってしまった。

「あ！　どっかで見たことあると思ったらあんた、ツネさんの弟じゃないの？」

ふささんの母親が言う。

「えっ⁉」

言われた宏伸が一番驚く。

「似てるからそうかなと思ったんだけど」

「え、あ……し、親戚筋ですんで、に、似てるかもしれません、ね」

カミカミで答える。言ってから、親戚筋というのは嘘じゃないなと思う。割と似ている顔が多いのも。なんでここにいるのか、というのは訊かないで。

「あ、そう、親戚なの。じゃあツネさんはほんとに戻るのね。たかちゃん、むっちゃんは大丈夫そうだよ」

ふささんの言葉に、たかさんは腫れぼったい目をこっちに向ける。少しほっとしているように見えたのは気のせいだろうか。

なんとも切ない気分になった。たかさんはもちろん、ふささんもある意味、宏伸の言葉にすがりたかったのかもしれない。小さい子供を見放すみたいなことは、誰でもしたくない。でも、逃げるチャンスは、虐げられた人に勇気が湧いた時にしか訪れないのだろう。

「じゃあ、なるべく早く、あたしと一緒に行こう。休むのはうちの二階に行ってからでもいいよ」

たかさんはうなずいて、また目を閉じた。が、突然カッと見開き、宏伸の腕をつかむ。めっちゃびっくりした！

「むっちゃんに伝えて。『ばあちゃんは生きてる』って。『黙っていなくなってごめんね』って」

「わ、わかりました」

「必ずよ。必ず伝えてね」

「は、はい、必ず」

伝えることはできるけど……なんだかいろいろ申し訳ない。

たかさんは宏伸の返事にふっと笑い、また目を閉じた。ほどなく寝息を立て始める。

「安心したのかもね」

ふささんたちが言う。

これでよかった……のかな？　宏伸としてはたかさんがお店に落ち着くまで安心できな

い感じなのだが、それを見届けることは……できるのかできないのか、さっぱりわからない。だいたいいつまでここにいられるの？

「そういえば、あんた変わった靴履いてるね」

「服も変わってる。都会の人は違うのう」

それに関して納得させられるような説明はできないし、これ以上いるとボロが出そうなので、

「あ、じゃ、じゃあ、僕はこれで失礼します……」

と言うしかなかった。

「それでは……お茶ごちそうさまでした」

あわててスニーカーを履き、外に出る。雪が降ってること忘れてたー！　寒い。もう帰りたい。どう帰ればいいの？

ここに来てちょっと不安になる。帰れなかったらどうしよう。そう思うの遅すぎるかもー！

「待って待って！」

ふささんが追いかけてくる。

「ありがとうございます、あたし一人じゃたかちゃん助けられなかったから」

え？　そうなのかな？

「あの川は流れが速くて水量多いから、いったん沈んだら、もう無理なの。落ちた時に支えてくれててよかった」

あー……そうだよね。水車ががんがん回るような川なんだから。今気づいたよ……。

「むつ子ちゃんとツネさんのこと、よろしくお願いします」

すっかり親戚の者と間違えられているけれど、ここで「違います」と言う勇気はなく

――まあ、本当に親戚だしね。

「あなたのお名前は？」

うわ！　こ、これはもしかして――一生に一度は言ってみたいセリフを言える再チャーンス！

え、でもなんだっけ？　さっきみたいにカミカミになりたくないから、ちゃんと思い出して……そうだ。「名乗るほどの者ではございません」！

「名乗るほどの――」

そう言いかけた時、視界がぐにゃんと歪んだ。わあああっ、やめて！　せっかくかっこいいセリフ言えるチャンスなのに！　帰りたくない！　さっきまで「帰りたい」って言ってたけどー！

願いも虚しく、宏伸は元の時間へ戻ってしまった。

どうせなら、むつ子さんをちゃんと見送ったりしたかったが、ふささんの家から田口家への道順は知らなかった。そんな迷う余地はなさそうだけど、そこそこ方向オンチなんだよな……。あの雪の中、反対方向に歩いていくのにはちょっと薄着すぎた。

ああ、暑くも寒くもないってすてき……。

と、のんびりしているヒマはない。急いでむつ子さんが入っている施設へ電話をする。

体調や気分によっては出られない時もあるのだが、今日は大丈夫だったらしく、むつ子さんはすぐに電話口へ出てくれた。

とりあえず伝えるだけでも伝えなくては。

「もしもし、宏伸だけど」

「ああ、元気?」

今日のむつ子さんはご機嫌のようだった。最近は声の調子ですぐわかる。

「あのさ、むつ子さん。ばあちゃんのことなんだけど」

「何?」

「むつ子さんが小さい頃、大好きだったばあちゃんのことだよ」

「ああ……」

感慨深げな声が聞こえる。ばあちゃんのことはつらいことではあるけれど、大切な思い出でもあるからだ。

「ばあちゃんからの——」

と言ってから、ちゃんと名前があるんだから、と思い、

「——たかさんからの伝言だよ」

と言い直した。

「『ばあちゃんは生きてる。黙っていなくなってごめんね』だって」

そう言っても、むつ子さんは何も言わなかった。

「むつ子さん？」

聞こえてなかったのかな？

「たかさん……」

小さな声が聞こえた。

「そうだった、たかちゃんだった……」

「そうだよ」

肯定していいのか、と宏伸は疑問に思いながら相槌（あいづち）を打つ。

「たかちゃんは、元気だった？」

まるで宏伸が過去に戻ったことを知っているかのように、むつ子さんは言う。

「元気だったよ」

ごまかしてもしょうがないし、と開き直って、答える。あの様子では、多分すぐに回復したはず。

「そう」

「むつ子さんのこと、すごく気にしてたよ」

「そうなんだ」

「むつ子さんのせいで川に落ちたわけでもなかったんだよ。田口のお祖父さんのせいだったんだ」

認知症で、というより、幼かったむつ子さんの記憶自体が混乱していたのかもしれない。祖父の乱暴な振る舞いとたかさんが川に落ちたショックは、彼女に何十年もひきずるほどの恐怖を与えたのだろう。

むつ子さんは大きなため息をついて、

「あー、よかった……！」

と言った。その声は本当にうれしそうで……涙ぐんでいるような声だったが、決して悲しんではいないようだった。

「ばあちゃん……たかちゃん……」

むつ子さんはそうくり返しながら嗚咽した。

結局、話を続けることができなくなってしまい、宏伸は施設の人に謝って電話を切った。喜ぶだろうと急いで電話したのだが、思ったよりも泣かせてしまった。別の記憶を掘り起こしてしまっただろうか。

それとも、今日のこともむつ子さんは忘れてしまうんだろうか。

だがそのあと、むつ子さんは「ばあちゃん」の話をしても泣かなくなった。川に落ちた時の話もしなくなった。するのは楽しかった思い出だけだ。

たまに「会いたい」と涙ぐむこともあるのだが、前とは泣き方が明らかに違う。つらい記憶に苛まれることはなくなったのかもしれない。

月に一度、むつ子さんは家族と食事をするために、外出をする。

今日集まったのは宏伸の家族と、母のきょうだい、都合のついたいとこたち。いつも店は母や伯母が決めているのだが、今日はなんと宏伸おすすめの店だ。

タクシーで乗りつけたのは、「いしづか」といううどん屋だった。老舗（しにせ）だが庶民的な店で、とても繁盛している。建物を最近新しくしたそうで、個室や宴会場もある。

二階の和室を予約していた。壁には古い店や街並み、歴代の店主などの写真がたくさん飾ってある。

うどん会席を頼んでいたが、どうしてもむつ子さんに食べてもらいたいものがあって、最初にそれを運んでもらった。

この店自慢の田舎（いなか）うどんだ。冷たい手打ちうどんに野菜ときのこのつけ汁。シンプルで安くて、一番人気のメニューでもある。

「むつ子さん、ちょっと食べてみて」

家族の怪訝（けげん）な顔を尻目に、つけ汁うどんをすすめる。むつ子さんも首を傾（かし）げながらうどんをひと口すする。

すると、顔つきが変わった。

「なつかしい味……」

うどんは少しくすんだ色をしている。讃岐（さぬき）うどんより細めで、コシは強すぎず軟らかすぎず、絶妙な加減だ。汁や具と絡（から）んでとてもおいしい。昔からこの地方の家庭で食べられていた「田舎のうどん」だった。

「これ……ばあちゃんのうどん……？」

「そうだよ、むつ子さん」

宏伸は、壁の写真を指さした。

「この人、ばあちゃんじゃない？」

その写真には、たかさんとふささん、そしてふささんの旦那さんと息子の四人が写っていた。たかさんはふささんの長男と結婚したのだ。子供も三人生まれたという。

料理があまり得意ではないとたかさんは言っていたが、実はうどん打ちの名人で、つけ汁も彼女のレシピなのだそうだ。手打ちのうどんがおいしいと評判になり、「いしづか」はいつしかうどん屋として有名になった。

「ばあちゃんだ……」

色あせた写真を見て、むつ子さんは顔をほころばせる。

「ばあちゃん、元気だったんだね……」

そして、

「おいしい、おいしい」

と泣き笑いでむつ子さんはうどんを食べ続ける。

「あんた、よくここを探しだしたね！」

探したんじゃなくて、単にあのタイムトラベルのあと、お腹が減っていたから人気のうどん屋に寄ったら、そこが「いしづか」だった、というだけなのだ。

そしたら、一階の壁にもこの部屋のと同じ写真が飾ってあった。明らかにたかさんとふささんだった。

びっくりして写真を凝視したままフリーズしてたら、今の店主（たかさんの孫）が心配して声をかけてくれた。興奮して根掘り葉掘りたずねる宏伸に最初は引いていた店主だったが、実は遠縁であるとわかると、この部屋に案内してくれて、他にも写真を見せてくれた。

「うちの祖母のこと、よく知ってますね！」

とか言われたけど、笑ってごまかす。さっき会ったばかりだからね！

それで、むつ子さんを連れてこなければ、と思い、今日予約したのだ。

「うどんは昔のまま、味が変わってないんですよ」

店主が言っていたからなおさらだ。店の場所も同じなので、この二階で彼女は寝起きをしていたはず。それはむつ子さんに言っても首を傾げてしまうだろうけど。

「なつかしい……ばあちゃんのうどん……大好きだった」

むつ子さんは、あの時、歌を歌っていた小さな女の子の顔になっていた。彼女の中で何がどう変化したのかは、彼女にしかわからないことだけれども、宏伸がしたことで少しは悲しみをやわらげられたのだろうか。

多分、宏伸がいなくても、たかさんは死ぬようなことはなかったと思う。だって、うどん屋はタイムトラベルする前から有名だったんだし。ふささんがたかさんを助けて、家族になって、うどん屋をずっとやっていたはずなのだ。自分は、ただむつ子さんへのメッセンジャーになっただけ。

「ありがとう、宏伸」

宏伸がそう思いたいだけかもしれないのだが、むつ子さんにお礼を言われると、時間がかかった伝言にちゃんと意味があると感じられるのだ。たかさんも喜んでくれているだろうか。

父のかわりに

父の総一が死んだ。八十六歳だった。

体調を崩したのが半年前。入退院をくり返しながら完治を目指していたが、願いは叶わず、亡くなってしまった。

息子の順也が喪主となり、交流のあった親族のみの葬式を執り行う。ささやかなものだったが、父が望んでいたことでもある。遺影は、先月撮ったものだ。一時帰宅し、誕生日を祝った。「あと一つ歳を取るまで」と言っていたのに。決して無理なことではないと思っていたのに。

母を病気で先に亡くした父だったが、一人で家事をこなし、いつも身ぎれいにして、毎日散歩を欠かさなかった。近所の読書サークルに入って、会誌の編集などもしていた。週末には緑化活動のボランティアを行い、老若男女の友だちが多かった。「お前たちの世話にはならない」という口癖のとおりの死に方だったが、もう少し頼ってくれてもよかったのにな、と順也は思う。

四十九日を前に、遺品の整理をする。順也も妹も家庭を持って独立しているから、この実家もどうにかしないといけないが、今はまだ考えられなかった。

といっても、家はきちんと整理されていた。無駄なものはほとんどなく、ガーデニング用品をいろいろ買い込んでいる程度だった。元気になったら庭いじりをしようとしていたのだろう。

父の書斎の机を見るのには躊躇したが、ここも例外ではなく、家族のアルバムなどを除けば日記などの類はほとんどなかった。整理したのか、それとも元々残す習慣がなかったのか、それはちょっとわからない。

一つだけ残っていたのは、入院してからもつけていた読書ノートだ。読書できる限り、ギリギリまでつけていた。ガーデニングと同じように、元気になったらまた続きを読みたいと思っていたみたいで、栞のはさまれた本が本棚にあった。

何冊もある読書ノートは市販の専用ノートで、感想はもちろん、出版社やページ数、値段などのデータも記録しておけるものだった。

「こんな便利なのがあるんだ……」

パラパラめくっていると、つい自分でも読んだことのある本の感想などを拾い読みしてしまう。順也の本好きは、父の影響だ。

整理の手を止めて読みふけっていたら、なつかしいタイトルを見つけた。

主人公が過去へと旅立つ、ある有名なＳＦ小説だ。

感想欄には、こんなことが書かれていた。

「昔、順也が読んでいたのを思い出して、読んでみた」

なつかしく、そして思いがけずうれしくて、涙が出た。憶えててくれたんだ。順也は、学校の図書室で借りて読んだ。あれは児童用に抄訳されたものだったけれど、このノートに書かれているものは完訳版だ。

読み進めてみると、こんなことも書かれていた。


昔、順也から訊かれたことも思い出した。

「昔に戻れるとしたら、いつに戻る?」

その時は、「いつ」とは言わず、「戻れるなら戻りたいね」みたいなことだけを言った記憶がある。

でも本当は戻りたい時があるのだ。


そのあと、具体的な年月日と時間が書かれていて、そこで感想は終わっていた。

読んだ小説を真似した終わり方だった。日付だけではなく、時間も書いてあるところが特に。夕方の五時ちょうどと書かれている。日記というより、会報の原稿の下書きも兼ねていたのだろうか。

順也もその時のことは憶えていた。ある雨の日、父と二人で留守番をしていたのだ。本を読み終えたばかりの順也は、隣で新聞を読んでいた父に、

「ねえ、昔に戻れるとしたら、いつに戻る？」

そうたずねた。その時の驚いたような顔もなんとなく憶えている。

「今読んでる本ね、そういう話なの。好きな時に戻れるっていいよね」

興奮気味にそんなようなことを言ったんじゃないかな。

「お前はいつに戻りたいんだ？」

と訊かれたようにも思うが、なんと答えたか憶えていない。そして実は父の答えも。

こんな古い日付の頃に戻りたかったのか。

それは、順也が生まれるだいぶ前で、父が二十代半ばの頃だろうか。六十年くらい前になる。

誰にだって戻りたい日や時があるんじゃないのかな。小説を読んで、父はきっと思い出したのだろう。それだけ印象的な出来事があったに違いない。

順也にももちろん、戻りたいと思う過去がいくつかある。二十代は特に、バカなことをして人を傷つけたり、ちゃんと謝れなかったり――ずっと連絡をしていない友人などもい

る。が、父のように年老いてからもこんなふうに思い返したり、具体的な日付をいつまでも憶えているほど切実だろうか。四十代の今でも記憶は薄れているし、だいたい過去には戻れないのだし。

しかし、自分は父ではないからわからない。もちろん、どんなことで戻りたいと考えていたのかも。

本棚にその小説はなかった。図書館で借りて読んだとノートに記してある。調べたら、もうすでに絶版になっていて、古本屋などでしか手に入らないらしい。

久しぶりに古本屋巡りでもしたい——と順也は思ったが、そんな時間はなく、本を入手できないまま、四十九日を迎えた。

集まったのは、自分と妹、そして父の弟と妹——叔父と叔母だった。

葬式の時にはあまり話せなかったので、叔父と叔母に父の話を訊こうと思っていた。きちんと整理した机を見て、まるで父が過去のことを消してしまったみたい、と感じたからだ。昔話もほとんどしなかった。

「二十代の頃の親父って、何してたの？」

とたずねると、叔父と叔母は顔を見合わせる。ちょっと困ったような顔で。

「何？」

「いや……実は俺たちもよく知らないんだよ」

叔父が言う。そんなことってある？

「総一兄さんが若い頃にグレてたって話は聞いてる？」

「いや……うん、俺が反抗期だった頃、ちょっと聞いたように思う」

「こじらせすぎて後悔をするな、俺みたいに」と言われたことがあった。あとから「父にも反抗期があったのか」と思い返したのだが、それ以降は特に聞いていない。

「どんなふうにグレてたかは知らない」

「すごかったよねー」

二人は苦笑気味にそう言った。え、すごかった？

「十代の頃は荒れまくってて」

「反抗期で？」

「反抗期ってレベルじゃないね。順也には悪いけど、まあ、鬼みたいだったな……」

そう言って、叔父はため息をついた。

「家だけじゃなく、外でも暴れまくっててね」

叔母も言う。

父に殴られたこともない順也はにわかには信じられない。

「家の壁にはいつも穴が空いてて、ガラスもしょっちゅう割られていたよ。学校じゃケンカばっかり。上級生とか他校の生徒と大乱闘とか。まあ、昔でいうところの『番長』ってやつかなあ。弟ってバレると怖がられるか絡まれるかどっちかだった」

「お父さんとお母さんは、始終謝りに回ってて……特にお母さんはガリガリにやせちゃってね」

二人の言葉に、順也は言葉を失う。

叔父と叔母が直接暴力を振るわれることはほとんどなかったそうだが、父と祖父が殴り合っているのを祖母が必死に止めているのを見ているのが日常茶飯事だったから、間接的に暴力を振るわれているも同然だった。二人は父の怒号にいつも怯えていたという。

父が祖父の連れ子だというのも、初めて聞いた。父は結婚するのが遅かったので、順也に祖父母の記憶はない。叔父と叔母の生母は父にとっての継母に当たる。小さい頃は本当の親子のように仲が良かったし、荒れた時期でも決して見放さなかったというが……。

「親父の本当の母親ってどんな人だったの？」

そうたずねても、二人は、

「よく知らないんだよね。兄さんから『浮気して出ていった』とは聞いたけど」

「そうなんだ。母親のこと好きだったから、それで反発したのかと思った」

「親戚(しんせき)や近所のおばさんからは、『あんな女、出ていってくれてよかった』って聞いたけど、兄さんにとってどうだったかはわからないね」

どんなにひどい母親でも、母親というだけで子供は慕(した)ったりすると聞く。幼い父、そして十代の父は、やはり実の母親から愛されたいと願ったんだろうか。

「高校を中退して出ていってから、十年くらいは帰ってこなかったな……」

あの日付は、その帰ってこなかった間に当たる。

「だけど、帰ってきたと思ったら、なんだか人が変わったように穏やかになっててね。なんか土下座して謝られて。でもこっちはなかなか信用できなかったから、ちょっと距離を置いてたんだけど、まあ、お父さんとお母さんを介護してくれたのも兄さんだしね。大変なことは全部やってくれた。だから最近は、普通に話せるようになってたよ」

「お母さんが死んだ時、一番泣いてたのは兄さんだったね」

「そうだった。あんなに反発してたのに、って意外だった」

そう言う叔父と叔母の顔も、穏やかで寂しそうだった。


寺からの帰り道、いろいろ考える。

祖父母が亡くなってから、父は結婚し、順也と妹が生まれたのだが、叔父と叔母へはなんとなく遠慮しているような雰囲気があった。順也の知る父と、若い頃の父とはギャップがあったが、そういう事情を聞くと少し納得できる。

その当時のことに、父は後悔がないのだろうか。

家族に暴力を振るうようになる前に戻りたいとは思わなかったのだろうか。そんな自分を変えようとは思わなかったのか？　あるいは実の母親がいなくなる前とかは？　彼女を引き止めようとは考えなかったんだろうか。

どうして、家を出て大人になってからのある日に「戻りたい」と思ったんだろう。その頃、父はどんな生活をしていたのか。

考えても何もわからない。もっと話せばよかった、と後悔したが、父自身おしゃべりな人ではなかったし、おそらく意識的に言わなかったのだろうな。

母にも訊いておけばよかった。けれど、何をいつ知りたくなるかなんて、誰にもわからない。知ってほしくなかったことかもしれないし。

そう納得するしかなかった。知らない方がいいこともある。大人なのでわかっているつもりだ。

父の一周忌を前にして、そういえばあのＳＦ小説を探すのをすっかり忘れていた、と思い出す。

図書館でならすぐ借りられる。でも、最近は貸出期間に読み切る自信がないので、やはり古本を探す方がよさそうだ。しかしいろいろと忙しくて、古本屋でゆっくりするような時間を作れない。

利用したことはないけれど、ネットの古本屋で買ってみようか……。

そう思って検索しているうちに、ふと、あの日付を検索してみたら、何かわかるのではないか、と思いつく。もしかしたら、順也が知らないだけで、何か事故や事件が起こった日付かもしれない。父にもなんらかの関係があったとか？

順也は検索してみた。もちろん何かしら出てくるだろうけれど、こちらが探している答えではないだろう――そう思いながら。

そしたら、あるサイトにたどりついた。

あなたのための時空の狭間が、ここにあるかもしれません

黒い背景にこんなタイトルが浮かぶ。

時空の狭間、という文字を見て、すぐに探している小説を思い浮かべた。主人公は、タ

イムマシンではなく、時空の狭間を利用してタイムトラベルをするのだ。

サイト自体は不気味なものだった。真っ黒の背景に、赤い色で何やら数列が並んでいる。びっくりしてブラウザを閉じてしまう人も多いだろう。それくらい、不穏な雰囲気がある。でも順也は閉じなかった。なぜここが検索にひっかかったのか、まだわからなかったからだ。

その数列は、すべて十二桁だった。なんの数字だろう、としばらくぼんやりとながめていると、父が読書ノートに記していたあの年月日、時間と一致する数列を見つけた。よく見ると、他の数列もそうだ。順番どおりに並んではいるが、法則に気づくまで少し時間がかかった。

そこで、このサイトに掲げてあった言葉を思い出す。

あなたのための時空の狭間が、ここにあるかもしれません

……本当なんだろうか。

この日付と時間に戻れるということ？　でもどうやって？

日付にはリンクが張ってある。そこをクリックすれば、何かわかるのだろう。

いや、でもクリックするのには勇気がいるな、この不気味な色使いとレイアウトでは。かなり長い間、順也は逡巡した。小一時間ほどたった頃、何無駄な時間を過ごしてるんだ、と思い、立ち上がろうとした。その時に手が滑って、結局日付をクリックしてしまう。するとあっけなく、こんな注意書きが出てきた。

この数列は、ある日付、ある時間へ戻れる時空の狭間を表しています。この数列に心当たりのある方なら、どこへ行けばいいのかわかっているはずです。

時空の狭間には期限があります。数列の表示は予告なく消えますので、お早めにご利用ください。

なんだろうか、これ……。

「どこへ行けばいいのかわかっている」人しか時空の狭間は利用できないってこと？

何かヒントを探して下までスクロールしたり、他のリンクを探したりしたが――何もなかった。つまりあとは、その場所にその人が行くかどうか――この説明を信じるかどうか、だ。

でも、戻りたいと思っているのは父なのだ。順也はそれしかわからない。それに、どこへ行けばいいのか、も。

知りたいのは、本人でなくても、戻れるのかどうか。父はもう亡くなっているし。しかし、書かれていること以上は何もわからない。

若い頃、父が住んでいたところって、どこなんだろう。心当たりが何もない。

そういえば、妹が父の入院中に「退院したら家族で旅行にでも行こう」という話をしていた、と聞いたな……。どこに行きたいとか父は具体的に言ったのだろうか。「温泉」とか「海外」程度のことかもしれないが。

妹に電話してたずねると、

「なんか知らない地名言って、『そこ行きたい』って言ってたよ」

「どこなの?」

妹はすぐに教えてくれた。わからないからスマホにメモっておいたという。

確かに順也も知らない地名だった。

「どうしてそこに行きたかったんだろう?」

「昔、ちょっとだけ住んでたところだったって言ってたなあ」

妹の言葉に、順也はとりあえずそこへ行ってみよう、と思った。

調べるとその地名は東京にあった。

北の方のはずれで、東京に縁のない順也にとっては初めて見る地名だった。

幸い、地名と同じ駅があったので、とりあえずそこに降り立つ。

あのサイトの疑問点は他にもあった。例えば、指定された同じ日付、同じ時間でないといけないのかとか。なんらかの理由でその日付と時間に合わせられなかったら来年まで持ち越しだし、一年たってもその時空の狭間があるという保証はない。でも、年まで同じにするのは絶対に無理なんだから、こだわるのはおかしいのかもしれない——。

いろいろ考えていると、余計にわからなくなってくる。それであきらめる人もたくさんいるのだろうな、と思う。まず怪しげなサイトの数列をクリックする勇気があるか、というところからだし、場所にもし心当たりがあったとしても、本気にしないとか、細かい条件がわからなくて面倒になるとか——そうしているうちに、ひっそりと時空の狭間は消えていく。

そういう想像を、十代の頃によくしたな、と思い出す。タイムマシンなんて、自分の生きている間にできあがることはないだろうが、時空の狭間ならばふいに出てくるかもしれない。巡り合わせの問題でしかないんじゃないだろうか。

……仕事と偽って家を出てきて、知らない街で空想に浸るなんて、何をしてるんだろう。

ある意味、贅沢な時間をむりやり作り出したといえる。日付もなるべく合わせたかったが、少し後ろにズレてしまった。だが、季節は同じ夏の終わり。まだ暑いけれど、今日は秋めいた風が吹いていていて、湿度が低い。

とにかく、ここまで来てしまったのだから、気が済むまで何かを探すしかない。

妹は地名しか聞いていなかったらしく、具体的にどこら辺に住んでいたとかは知らない。順也も勢いこんで来てみたはいいけれど、実際にはただ街をウロウロするくらいしかすることがなかった。

駅は再開発をしたばかりらしく、真新しく立派な駅ビルもできている。これからして父が利用していた頃とあからさまに違うだろう。

もう少しなつかしい雰囲気のあるところはないだろうか。いや、元を知らないからなつかしいも何もないのだが。

駅から少し離れると、すぐに活気ある商店街に出た。年季の入った商店と新しくおしゃれなショップが雑多に並び、老若男女行き交う。街並みは多少違うだろうが、昔もこんな感じだったのかな。

暮らしやすそうな街だった。古い団地やタワーマンション、一軒家が建ち並ぶ住宅街が共存しており、学校や公園、公共施設も充実している。歩き疲れて入った古いたたずまいの喫茶店には、新聞を読む常連らしき老紳士と、おいしそうなプリンをスマホのカメラで撮る若い女の子たちが普通に席を並べていた。

ちょっと暑かったから、久々にクリームソーダなんて飲んでしまった。最近のはソーダが青いんだな。甘いけれど、疲れた身体(からだ)には染みる。

喫茶店を出たあとも、あてもなく歩き続ける。すると、都と県の境の川に行き当たる。お世辞にもあまりきれいと言えない広い川は、まるで水が流れていないみたいに見えた。モーターボートが走っていたりするので、かなり深いんだろう。

向かい側は隣県だが、運動場らしきものが広がっていて、草野球をしているのが見える。のどかな風景だ。父もこの河原を散歩したりしたんだろうか。それとも、そんな余裕はなかったのか。

河原の年季の入ったベンチにバッグを置いて座り、次第に暮れていく空を見る。あ、コウモリ飛んでる。久しぶりに見た。住んでいる田舎町(いなかまち)とは全然違うのに、なぜだかなつかしい。

父も、ここに住んでいた時、そんなふうに思ったことがあったのだろうか。

薄く赤くなった空に、『夕やけ小やけ』のメロディーが流れてくる。

——もう五時か。そろそろ帰らなくちゃ。電車が混む前に。

脇に置いておいたバッグを取って立ち上がろうとしたが、

「あれ？」

バッグがない。

え、置き引き？

そんなはずは……だって誰も通っていないはず。もしや、後ろからものすごく足を忍ばせて近寄ってきた？

順也はあたりを見回す。人影は遠くにこちらへ近寄ってくるらしいものしかない。

その時、ベンチに違和感を持った。あれ？　さっきと違う？　色……も違うし、木のささくれ具合っていうか、なんか新しい……いや、それだけじゃなくて……。

「あー――」

思わず声が出た。ベンチの真ん中にあったはずの手すりというか、寝そべり防止の突起がなくなっている。さっきまではあったはずなのに。なんだろうか。自分の勘違い？

「――おじさん、行くところあるの？」

「おじさんじゃねえ、ソウイチって名前があんだよ」

かすかに聞こえた会話に、順也は顔を上げる。

「それに俺はまだ二十代だ」

「ふーん」

こっちに向かって歩いてくる二人連れの一人――二十代くらいの男は、父の総一によく似ていた。

彼は、小学生くらいの少年と歩いている。

「お互いに運が悪いよな」

「そうかもね」

だいぶ離れているのに、妙にはっきり会話が聞こえる気がした。それは自分が聞き耳を立てているから？　それとも――ここが現在ではなく、過去の中だから？

少年はやせていて、ちょっとダボついた上下ちぐはぐな服を着ていた。坊主頭で、黒いランドセルを背負っている。学校からの帰りだろうか。

「これからどうするの？」

「俺よりお前の方こそどうすんだ？」

少年の質問に答えた言い回しにはっとする。外食の席で「何にする？」と順也がたずねると、「お前こそ何にするんだ？」とよく言われた。その時とそっくりだ。声は若いけれども……。

「こっちは、今までよりはマシなんじゃない？」

「……そうかも」

「おじさんは？」

「だからおじさんはやめろ」

割と「おじさん」と言われても無理のない顔つきをしていた。老け顔というより、なんだろう……大人ぶっている、みたいな雰囲気だ。

「俺は……どうするかなあ」

「一緒に西堀さんち、来たらどう？」

「一緒に⁉　はあ？　何言ってんだよ？」

心底あきれたように言う。

「別に一緒に住もうとかそんなんじゃないよ。そんな図々しいこと言える立場じゃないってわかってるし。ただ、おじさんは大人じゃん。どこにでも自分で引っ越せるでしょ？僕みたいな子供と違ってさ」

父とよく似た男――仮にソウイチとしておく――は、それを聞いてしばらく黙っていた。

「……行きたくないんか、おばさん……西堀さんとこ」

「贅沢は言えませんよ～」

小学生なのに、大人びたようなことを言う。しかも歳に似合わずおどけて。

「一応血はつながってるし」

「……父ちゃんはもういいのか？」

「あの人はもう、帰ってこないよ、きっと」

ため息まじりの声に、順也は思わず姿勢を正す。

「どっかで楽しくやってるでしょ、今までみたいに」

「そうだな……」

「って、知らないくせに」

「そうだった、お前の父ちゃんのこと、知らなかった。一度も会ったことなかった」

いったいこの二人は、なんの話をしているのだろう。このまま順也はここに座っていていいのだろうか。

「会ってたら、ぶん殴ってたかもなー」

「僕も大人だったらそうしてたなー」

二人は笑ったが、突然ソウイチが真顔になる。

「殴るのは誰が相手でもなるべくしない方がいい」

「そんなの知ってるよ。父ちゃんによく殴られたからね」

少年の言葉に、ソウイチはうつむいた。

「俺は……昔、お前の父ちゃんみたいだったんだよ」

「うん、それも知ってた」

ソウイチは驚いたような顔をした。

「あの人によく似てるからね」

「あの女にも殴られたか？」

「まあ、多少はね。でもあの人は父ちゃんの機嫌を取るのが上手だったから、父ちゃんに殴られる回数は減ったかな」

「それが似てるって？」

「しらふの時はけっこうかばってくれたよ」

「しらふの時ね……なるほど」

ソウイチは鼻を鳴らした。

「手を上げるのはたいてい酔っ払ってる時だったから、けっこう避けられたよ。それってでも、おじさんもそうだったんじゃない？」

二人は順也の前に差し掛かる。まるで見えていないかのようにゆっくり歩いていた。少年のランドセルにぶら下がった名札がはっきり見えるくらい近いのに。

「……なんでそんなことわかるんだ？」

「なんでかなあ。クラスにもそういう子がいるんだよ。なんとなくわかるんだよね、僕と同じような子ってさ。親に殴られてたり、殴られてなくてもひどいこと言われてたり。仲良くはなれないんだけどね。うちとその子んちとどっちの方がひどいのかなあ、とか考えて、時間をつぶすんだ。

おじさんも、そういう子だったんでしょ？」

しばらく二人は、黙って歩き続けていた。

「……ごめんな、うちのおふくろが……」

その声は、本当につらそうだった。

「一番悪いのは、黙って逃げた僕の父ちゃん。おじさんに連絡してから逃げたあの人は、そんなに悪くないよ。それでおじさんが西堀さんに連絡とってくれたんだし」

「でも……西堀さんとは一度も会ったことないんだろ？」

「けど、お母さんと声が似てたよ。聞いた時、びっくりしたよ。お母さんが生き返ったのかと思った」

土手の上の道路に、車が停まっていた。車の脇には、女性が立っている。

「あのさ――」

「何？」

ソウイチは何か言おうとしたようだったが、

「いや……なんでもない」

と首を振った。土手を登って車に近づく間、二人は再び無言になる。女性はソウイチに頭を下げながら、

「西堀です。ありがとうございました、わざわざ送っていただいて」

優しげな声をしていた。あんな遠いところの会話も聞こえるなんて——やっぱりここは現実の世界じゃない。

「いえあの……大したことしてませんけど」

「でも、なんの縁もないこの子の面倒をしばらく見てくださって……」

「面倒なんて見てませんよ」

ソウイチは恥ずかしげにうつむく。

「じゃあ行きましょう。荷物は？」

「これだけ」

「まあ！」

ランドセルに入り切るくらいしか少年の荷物がないことに、西堀さんは絶句したようだった。

「おじさん、服買ってくれてありがとう」

「いいんだよ、別に」

「頭も刈ってくれてありがとう」

「大したことじゃない。元気でな」

「うん」

西堀さんは車のドアを開け、少年を促しながら、また頭を下げる。

「本当にありがとうございました」

少年が車に乗ると、彼女は運転席に座り、エンジンをかけた。

助手席の窓から、少年が顔を出す。

「じゃあ……」

「……おう。身体に気をつけろ、それから——」

何かもっと言いたそうだったが、ソウイチは言葉を飲み込んだみたいだった。

「何？」

「いや。達者でな」

動き出した車の窓から、少年が手を振る。ソウイチも手を上げ、小さく振った。

やがて車は見えなくなる。

ソウイチは長い間、そこに立ち尽くしていた。

彼はやはり、父の総一なんだろうな、と順也は思った。今、少し離れたところでその後ろ姿を見つめている。立ち方が、そっくりだった。

父はなかなか立ち去ろうとはしなかった。順也もどうしたらいいかわからない。多分、自分は見えていないはず。元の世界にどう帰ったらいいものか。困った。どうしよう。

「何見てんだよ！」

突然父が振り向いて、順也に怒鳴った。でも、頬には涙のあとが……。どちらかというと、そっちに驚いて、言葉を失う。

その上、順也のことが見えているのかとそれにもショックを受ける。え、何も言ってないよね？

「駅はあっちだよ、とっとと帰れ！」

「え？　え？」

「『どうやって帰ればいいんだろう』とか後ろでずっとぶつぶつ言っててんじゃねえよ！」

……ひとりごとを言っていたらしい。けっこう声、聞こえるんだな。ここ、静かだからかな。

彼はくるりと背を向け、ずんずん歩き出した。

え、これは現実？　それとも幻？　あるいは夢？　あの背中を怒らせて歩く青年は、本当に父の若い頃だというのか？

「ちょ、ちょっと待って！」

とっさに追いかけて呼び止めてしまう。無視して行ってしまうかと思ったが、彼は振り返る。

「何？」

呼び止めたはいいが、何を言えばいいのかわからない。

「なんだよ」

イライラが伝わってくる。しかし……全然知らない人だと怖いのだろうが、父だと思うとあまり怖くない。尖った視線だったが、待っていてくれるし。

「なんか言いたいことでもあるんか」

言いたいことというか、訊きたいことなら。

「さっき、あの男の子に何か言いたそうだったけど」

彼はその言葉に、ショックを受けたような顔をしていた。

「盗み聞きしてたな！」

いやまあ、そうなんだけど……聞こえてきただけ、とも言える。

「何を言いたかったの？」

何も考えていなかったのかもしれない。順也がなんとなくそうだと思い込んだだけで。しかし、その質問を聞いて、彼は怯んだような顔をした。まあ、そんなこと訊かれるとは思わないよな。

別に答えてくれなくてもよかった。二人の話を聞いただけですべてはわからないけれど、この日が父にとって記憶に残る日だったというのはわかる。

一番意外だったのは、浮気をして出ていった実の母親と連絡を取り合っていた、ということだ。父が家を出たのは、彼女を探すためだったのだろうか。あまりよい母親ではなかったようなのに……。それとも、酒を飲んでいない時は、よい母親だったのか？　彼女はこの街で男と暮らしていたのだろう。その男には子供がいた。それがあの少年だ。そして何らかの理由で男は姿をくらませ、彼女は逃げる前に父に連絡をし、あとの始末を押しつけた——こんなところだろうか。

少年がどんな生活を今までしてきたのか、想像すると胸が苦しい。今いったい、どうしているんだろう。

「…………」

「え？」

少年のことを考えていたら、父の言葉を聞きそこねた。

「すみません、もう一度――」

「何でもねえよ」

父は遮るようにそう言うと、また順也に背を向け、足早に歩き始めた。もう引き止めることはできなかった。ほとんど走るようにして去っていく。

順也はその背中を黙って見送る。

ぼんやりしていた自分を悔やんだ。でも、すごく小さな声だった。もごもごとためらっているような……やはり通りすがりの人になんか言えないか。そうだよな。俺だってきっとそうだ。

父の背中はもう見えないほど遠くになっていた。彼に言われたとおり、駅に行ってみようか。

あのベンチの前をまた通る。順也は気づいた。このベンチ、やっぱり新しい。でも、真ん中の手すりがない。同じものだと思うが――順也はまた座ってみる。

目の前の景色は同じに見えた。川の水はやっぱりあまりきれいじゃない。ベンチの表面はすべすべしていた。コウモリがふらふらと飛んでいく。一匹、二匹、三匹――順也は、ベンチの裏側に手を伸ばし、その数を爪で傷つけた。表を傷つけるのはさすがに気が引ける。裏を見て確認をすると、三本、はっきりと線ができていた。爪が痛い。

またベンチに座り直す。

夕焼けがとても美しい。これは今も昔も変わらないのだろうな。溶けていくように崩れていく雲を見ていたら、目の前がぼやけてくる。あれ、俺も泣いてる……？　と思ったら、目の前の空が違っているとわかった。もう暗い。雲が見えない。夕焼けはとうに過ぎ、すでに夜に近い。

ベンチはささくれだった座面に、真新しい手すりがつけられていた。順也はベンチの裏側をのぞきこむ。かろうじて傷は残っていた。

いったいあの頃から、どれだけの人がここに座ったんだろう。

順也は傍(かたわ)らのバッグを持って立ち上がり、駅へと向かった。本当に家へ帰るために。

そのあと、あのサイトをのぞくと、順也が行った日付は消えていた。もう過去に戻ることはできないらしい。

少しの後悔はあったが、いまだに現実に起こったこととは信じられず、夢で若い頃の父に会えた、と思うことにしていた。

しかし、一周忌の法要を早めに終わらせ、父の命日が近づいてくるにつれて、次第にあの河原での出来事がよみがえってくる。なぜ父があの日に戻りたいと思っていたのかが、いまだわからないからかもしれない。

命日の前日、妹から電話がかかってきた。

「明日、お墓行くの？」

「いや、明日は仕事があるから、先週行ったよ」

「ああ、お父さんの誕生日に？」

「うん」

そう答えて、はっとなる。「命日に行けないので、誕生日に」……。

「――兄さん、兄さん？」

妹に呼ばれて、我に返る。

「どうしたの？　急に黙って」

「いや、なんでもない」

そう言ってごまかしたが、電話を切ったあと、すぐにネットを検索してみた。

「あの日付」と、名札に書かれていた「少年の名前」で。

するとすぐに、ある男性のＳＮＳに行き当たる。関東圏の造り酒屋の社長で、杜氏（とうじ）をしている人。

あの日付は、この男性の誕生日だった。

真山成、というのが、その男性の名前だ。「mayamaru」というアカウント名は読みがなそのままなのだろうか。順也は名札に書かれていた漢字表記を憶えているだけだ。

彼のSNSは、仕事のことが中心であったが、充実した内容だった。ほぼ毎日、何かしら更新している。忙しい業務のことだったり、商品の宣伝だったり、ペットの犬のことだったり。業界のウェブサイトにエッセイの連載を持っていたりして、杜氏としての実力も認められているようだ。

もちろんSNSに書かれたことがすべて正しいわけではないが、文章などを読む限り、精神的にも安定していて、家族や仲間に囲まれている人物という印象を受ける。当たり障りのない内容と言えば、そのとおりなのだけれど。

商品説明などの際には、彼も写真に写り込んでいる。あの少年の面影は残っていた。というより、疑いようもなくそっくりであった。もうあんなにやせっぽちではなかったが。

順也は、時空の狭間のサイトを見つけた時のように迷う。彼に連絡を取るかどうか。

しかし、今度は相手のいることだ。あの日付を確かめるのは一人でもできたけれど、彼に連絡を取って、何かトラウマのふたを開けてしまったら、と考えてしまう。あの日の彼はとても気丈で賢く見えたが、やはり子供であったわけだし。

それと同じくらい問題なのは、あの出来事が本当に起きたことだと、順也自身がいまいち信じられないことだった。会ったこともない真山成については、なんだかなつかしく思えるくせに。

どうしたものか、と悩みながら、真山成のＳＮＳをフォローし続けていると、ある日、いつものように業界のウェブサイトにエッセイを書いたという告知があった。

テーマは「誕生日」。

そこには、こんなことが書かれていた。


一番印象的な誕生日のプレゼントは、名前も忘れたおじさんからもらいました。

もう顔も思い出せない人です。その人は、小学生の自分を近所の衣料品店へ連れていき、

「着たいもの、なんでも買ってやる」

と言いました。

私は、その時まで自分で服を選んだことがなく、何を買ったらいいのかわかりませんでした。与えられた服にも選択肢がなく、ただあるものを着るだけでした。似合う

とか色の好みとか、考えたこともなかったのです。

そうおじさんに言うと、

「今着ているものを全部新しいものにすればいいだろ」

と言いました。シャツ、ズボン、靴下、靴、下着に至るまで「どれがいい？」ときかれ、私は選びました。結果、色も大きさささえちぐはぐでしたが、おじさんは、

「似合う似合う！」

と言ってくれました。私は初めて「自分の服」を手に入れた気分になりました。多少組み合わせは変でも、自分が選んだ服。色や形の好みなどがわかってくるのはもっと成長してからですが、その頃になって私は、あの時おじさんからもっと大きなものをもらったと気づきました。「自分のものは自分で選んでいい」ということを。

それを読んだ順也は、思い切って成にダイレクトメッセージを送ってみた。

はじめまして。突然申し訳ありません。芝(しば)順也と申します。

エッセイ拝読しました。

実は、あの中に出てくる「おじさん」が、もしかしたら私の父ではないかと思いま

して、メッセージを差し上げました。
　よろしければ、お話しさせていただけるとうれしいです。

　ドキドキしながら送り、それからずっと落ち着かない気持ちを抱えて過ごした。送ったことを後悔したり、「今のは忘れて」みたいなメッセージを送ろうかと思ったり。いや、次の日には返事は来たのだが。

　とはいえ、向こうも疑っていることは丸わかりだった。そりゃそうだ。彼は父のことはもう顔も忘れているのだし、名前を言っても知らない。

　だから順也は返事のメッセージで、あの日彼が着ていた服のことを説明した。見ていたんだから簡単だ。もちろん「父に聞いた」と言って。

　父が彼のおばに連絡したことも書いておいた。西堀という名と車のナンバーも実は憶えていたが、そこまで出すのは控えた。

　すると、成からこのようなメッセージが届く。

　本当に「おじさん」の息子さんなのですか？　ずっとお礼を言いたかったのです。
お元気でしょうか？

順也は、

残念ながら、一年半前に亡くなりました。父も真山さんのことをずっと気にかけていたようです。

と返事をする。そうでなければ、あの日付を憶えているわけがない。

何度かメッセージでやりとりをしてから、ビデオ通話で話すことになった。

『はじめまして、真山です』

「こちらこそはじめまして、芝順也です」

画面には、半年ほど前に会った小学生がそのまま大人になって、笑顔で映っていた。あの時も多少笑いは浮かべていたけれど、それは寂しげで、そして何よりとても不安そうだった。

あの小学生が今では自分より年上というのが、ちょっと不思議だった。ちょっとどころではないか。もうわけがわからないくらい。

成は、

『芝さんは多分、わたしがあまりにもみすぼらしいかっこうをしていたことを哀れに思って、服を買ってくれただけなんだと思いますが、わたしにとっては一番印象に残る誕生日プレゼントだったんです』

そうしみじみと語った。

『芝さんが贈ってくれた服と、伯母（おば）の優しさに救われて、それ以降は平穏に過ごすことができました。本当にありがとうございました。いつかお墓参りをさせていただきたいです』

「それはぜひ。父もその時まで荒れた生活をしていたようなんですが、真山さんに会ってから実家に帰って落ち着きました。僕にとってはとてもいい父でした」

「帰ってきた」という時期は、確かにあの日付からすぐだった。元から帰る予定だったのかもしれないが、成少年に会って心境が変化した可能性は大いにある。

「父も真山さんに会ったら、言いたかったことがあったようで」

順也は、何か言いたそうだった若い父のことを思い出す。

『なんでしょう？』

「いや、僕は直接聞いたわけじゃないんですが」

そのまま言う勇気はなかった。それは、成と父の思い出に水を差してしまいそうで。

でも、あの日が彼の誕生日と知ってから、聞き取れなかった父の言葉が――何を言いたかったのか、はっきりわかったのだ。

「『誕生日おめでとう』と」

成はそれを聞いて、微笑んだ。

『言わなくても、わかりましたよ』

順也は幼い頃の父のことは知らない。怒ると怖いが、基本は優しい父しか知らないし、毎年家族全員で誕生日のお祝いをしていた。順也と妹が小さい頃はささやかなパーティー、大きくなってからもプレゼントを贈り合い、それに添えてあったカードは今でも捨てられない。

幼い父にはそういう思い出がなかったのだろう。家出をして、どんな気持ちで自分を捨てた実母と連絡を取ったのか。そしてその母が、父親に捨てられた小さな男の子を置き去りにした時も。

父が幼い頃の自分と、成少年を重ね合わせたことは間違いないだろう。

『あの日まで、あんなふうにわたしの誕生日を祝ってくれる人はいませんでした』

成の母親は、彼がもっと幼い頃に亡くなった。唯一の記憶は優しい声のみだという。西堀さんとよく似ていると言っていた声。

父が成を見送った時の涙は、同じように祝ってもらったことのない自分に対してのものだったのかもしれない。

「父はどうして真山さんの誕生日を知ったんでしょうか」

『それは、亡くなった僕の母の荷物を総一さんが見つけてくれたからでしょう。その中に、西堀の伯母の連絡先があったんです』

ある日、誰も帰ってこなくなったアパートにソウイチと名乗る男性がやってきて、面倒を見てくれたという。誰か帰ってくるのを数日待っていたが、一向に帰る気配がないので、ソウイチはアパートの中をひっくり返し、押入れの奥からダンボールに無造作に入れられた成の母の荷物を見つけ出した。中には母子手帳やアルバム、古いアドレス帳や手紙などが入っていた。ソウイチは、その住所や電話番号に片っ端から連絡を入れてくれたらしい。その中に、成の母の姉、西堀さんがいた——。

『わたしも、ただおとなしくしてたわけじゃなくて、総一さんにやたら憎まれ口を叩きましてね。しょっちゅう口ゲンカしてました。この人に見捨てられたら、もう本当に一人になるのにね。子供ってそういうことわからないから……』

「それは……父もわかっていたんだと思います」

血がつながっていないのに見捨てなかった継母がいたからだ。血がつながっている実母は面倒を押しつけて逃げてしまったのだから、なおさら……。

『会えなかったのは残念ですけど、総一さんも幸せになっていて、とても安心しました』

「僕もです」

思わず言ってしまってから、

「真山さんがご立派になられて、父も喜んでいると思います」

と言い直す。いや、もし父から話を聞いていたら、順也も同じように心配しただろう。不安も何もかも受け入れて旅立つ少年を見たら、あのあと幸せになったのか、自分の目で確かめたい、ときっと願ったはずだ。

後日、真山が日本酒を送ってくれた。彼が造った酒だ。

父の仏壇に盃（さかずき）を供え、順也も飲んだ。

キリッとした飲み口だった。父が好みそうな味だったので、久しぶりに涙があふれた。

三人で飲めればよかったのに。

この酒を持って、父に会いに行きたい。

でも確か、身一つでしか時は超えられないはず。あの時、バッグがないって焦ったもんな……。

そんなことを考えていて、いつの間にか時を超えたことを受け入れている自分に気づいた。

今、自分に戻りたい日はあるんだろうか、と考えて浮かぶのは、「父に会いたい」という気持ちだけだった。父に会えるなら、いつでもいい。

それなら、過去に戻らなくてもいつかは会える。その日は相当先になるだろうし、あまり早く行ったら怒られそうだ。

まあ、のんびり待っててよ。

仏壇で微笑む父の写真を見ながら、順也は盃を干した。

最後のファン

香保子には、会いたい人がいる。

昔から、ずっと気にしていた。今頃、何をしているんだろう。

もう一度会いたい。

一日中、考えているわけではないけれど、ふとぼんやりした時などに思い出す。気がつくと、彼女のことを考えている。

彼女は作家だった。小説もエッセイも書いていた。エッセイはユーモアあふれる文体で軽快な読み口だったが、小説では一転、現代の問題を鋭くえぐった重々しい作風だった。その正反対の二面性が受けていたのだろう、出す本出す本ベストセラーになっていた。

彼女の本が読みたい。エッセイも小説も。どちらも大好きだった。

「——ママ、ママってば」

娘の声にはっとなる。

「何？　ごめん、ぼんやりしてた」

「どうしたの？」

今日は香保子の娘の就職祝いに、両親が遊びに来ている。

今、夫は大学生の息子と夕食を作っている。メインディッシュのスペアリブは夫の得意料理で、家族みんな大好きだ。もうすぐ夫の両親もやってくる。

娘の就職先は、児童書をメインに扱う出版社だ。娘も、そして香保子も小さい頃から絵本や童話が好きだった。中高時代に物語を書いては友だちに見せていた娘の姿に、血は争えないなあ、と香保子は思った。自分も、高校時代、密かに童話を書いていたことがあったから。

平凡な幸せ――とは軽々しく言えない。今は幸せ、というだけだ。たまたま自分を含めた身内が健康で、その都度なんとかできる程度の問題のみで人生を過ごしてきただけ。それがどれだけ幸せというか幸運なのか、それしか知らない人は気づかないだろうけれど。

その夜遅く、香保子は眠れず、ふとんで何度も寝返りを打っていた。

夕食はいつものようにおいしかった。ジューシーなスペアリブに、ケーキやワイン、少しお高いフルーツなど、おみやげもいっぱいで、おしゃべりと笑いが尽きなかった。

眠れないのは、ワインを飲みすぎたせいか、ケーキと一緒に飲んだコーヒーのせいだろうか。それとも単なる食べすぎか。

水を飲もう、と香保子は起き上がる。

台所でコップに水を汲み、一気に飲む。喉の渇きは癒やされたが、なぜか椅子から立ち上がれない。

彼女は確か、童話――絵本も書いていたはず。

唐突にそんなことが頭に浮かぶ。

読んでみたい。タイトルは……なんだったっけ。ああ、確か――。

スマホで検索する。しかし、似たようなタイトルの本やマンガなどはひっかかるが、思い出したものと同じのは出てこない。

もしかして勘違いしているのかも、と思い、少し言葉を変えたりして検索しているうちに、不思議なサイトにたどりついた。

あなたのための時空の狭間が、ここにあるかもしれません

とだけ書かれた黒一色のサイト。見づらい赤い色の文字がたくさん並んでいて、目がチカチカする。

一見、不気味で得体のしれないサイトであるが――香保子はここを知っていた。昔も、こんなふうにふいにたどりついた。

この見づらい文字は、数字だ。十二桁（けた）の数字が、整然と並んでいる。年月日と時刻の数列だ。

昔見つけた数列――日付は、当然もうなくなっていたが、もう一つ、香保子にとって忘れられない日付が、そこにあった。

それは、彼女がいなくなった、あの日だった。

呆然（ぼうぜん）としたまま、どのくらい時間がたったろう。あわてて台所の灯（あか）りを消して、寝室に戻る。隣のベッドで眠る夫に気を遣いながら、ふとんに潜り込んだが、目はさらに冴（さ）えていた。

どうして……どうして、そんな。そんな、まさか。

まさか、もう一度戻ることができるの？

あのサイトのことは忘れたつもりだったのだが――そう思いたかっただけだったのだろうか。

結局、香保子は眠れなかった。

寝不足のまま、出かける家族を見送り、リモートワークの準備を始める。

しかし、気持ちはどうしても昨日のあのサイトへ向かってしまう。

もしかして夢かと思ったが、履歴をたどるとあっさりたどりついた。

間違いない。あのサイトだ。かつて、香保子が見つけたサイト。あれ以来、探そうとしていなかった。終わったことだと思っていたから。

こんなふうに偶然でないとたどりつかないところなのだろうか。そんな簡単に見つかるようなものではないと言いたいの?

でも、あの時の香保子は、追い詰められていたけれど、今は違う。どうしても過去に戻りたい、というわけではない。

ただ、毎日願っている。彼女に会いたいと。

それは、あの時だってそうだった。願いの深さは違うけれども……。


気になってしまって、仕事が手につかない。

納期には余裕があるので、今日はとりあえず休もう。こういう時、家だとすぐに休めるのはありがたい。出勤していると無理してしまうから。時間を自己管理するのは大変だけど……。

お茶をいれてソファーに座る。ぼんやりと宙を見つめていると、昔のことを思い出す。

昔？　いや、昔と言っていいのか？　けど、自分の中では昔のことだった。

不思議な感覚だ。あの頃の香保子は、今の香保子より年下で、とても苦しんでいた。子供の頃や、今のような平穏な精神状態は二度と手に入らないものと考えていた。

この苦しみが一生続くと思っていたのだ。

毎日のように泣き、ひきこもってお酒や向精神薬を飲み、荒れた生活をしていた。夜は眠れず、昼間はいつも眠くて、会社勤めもできなかった。

一緒に暮らしている母が支えてくれていたが、両親は離婚し、父の行方はわからなくなっていた。結婚して家を出ていった兄も、いつの間にか離婚し、どこか遠くでひっそり暮らしているらしい。

それもこれも、みんな香保子のせいだった。

いや、香保子のせいではない。それは誰でもわかっている。

でも、あたしのせいだ。

そう香保子は思っていた。

そんな昔——酔っ払ってふらふらになりながら、ネットをだらだら徘徊（はいかい）していた。いつもの長い夜だった。

そこで見つけたのが、あのサイトだ。

あなたのための時空の狭間が、ここにあるかもしれません

黒い背景にそんなタイトルが浮かび上がっているだけ。

最初はそういう小説でも載っているサイトかと思った。だって、本当にそんなものがあるなんて、普通誰も思わない。

しかし実際は、リンクの張られた数列が整然と並べられているだけだ。よく見ればこれは、年月日と時刻ではないか。まさか——この日付をクリックすれば、時間旅行ができるとでも言うの？

よくできてる、と思った。小説ではないが、フィクションの入口としては魅力的だ。クリックすれば、時空の狭間が口を開けて、過去へ行ける。そんな想像を香保子はした。好きな日付、時間へクリック一つで行けるなんて、すごい。

だったらもっと魅力的なコピーや煽（あお）り文句なんかあってもいいのに、サイト自体は素っ気ないほどシンプルだ。もったいないとすら感じた。

ただ、現実にはそんな怪しいサイト内をクリックなんかできるわけがない。でもなぜか

気になって、行ってみては、

「この日付をクリックしたら何が起こるんだろう」

「一瞬で過去へ行けるんだろうか」

「五十年前の日付か、あ、百年前もある。え、たった三日前？　――この日にいったい何があったのかな」

と、とりとめもなく考えるだけの日々がしばらく続いた。

そんなことが日課のようになっていたある日、あの日付がサイトに現れた。

それを見た時、香保子は文字どおり凍りついた。しばらく動けなかった。息もしていなかったかもしれない。

自分が戻りたいと思った日が、そこにあった。


その日付を見た瞬間、それまでの妄想は消えてしまった。クリックしたら過去に一瞬で戻る？　そんなバカな。なんでそんなこと考えてたんだろう。あるはずもないのに。

香保子は部屋の中を見回す。いつもの汚い部屋で、ビールを飲みながらネットをしている。明日からも変わらない。ここでずっと自分は生きていく。そんなのわかりきったことだ。

でも、戻りたいと思ったから、こんなふうにすぐに見つけたのでは？　毎日のぞいていたのは、そのためじゃないの？

「そんなこと――」

ない、と続けようとしても、声が出なかった。

香保子はブラウザを閉じようとした。しかし、手も動かない。

しばらくそのまま放置した。パソコンから離れ、ひたすらゲームをした。そのうち眠くなって、寝てしまえば忘れると思ったが、ちっとも眠くならない。

よくあることだ。薬を飲もうか、と思ったが、切れていた。明日処方箋を出してもらわねば。最近、薬が増えてる。

結局、朝まで眠れなかった。そのまま、香保子は精神科のクリニックへ向かった。

先生に、

「最近調子はどうですか？」

そういつものように訊かれる。香保子はそれに、

「いつもと変わらないです」

と答え、いつもと同じ薬をもらう。まったく同じやりとりを何年しているんだろう。

しかし今日の香保子は少し違った。

「先生、過去に戻れるとしたら――」

そんなことをつい言葉に出してしまった。

だが、すぐに口をつぐむ。どうしてそんなこと言ってしまったのか。何を自分は言いたかったんだろう？　それとも、先生に「戻りますか？」と訊きたかった？「いつに戻る？」とか？　それとも「戻ってもいいのか？」と助言を求める？

多分、「戻ってもいいのか？」と訊きたかったのだと思う。戻っていいってどういうことなんだ、とあとで思い返して苦笑した。許可が必要とでも考えたのだろうか。先生に「ダメ」と言われたら戻らないとでも？

でも、誰かに相談したかった。「戻ってもいい」と言ってもらいたかった。人に決めてもらいたかった。相談できるのは先生しかいなかったから言ってしまったけど、そんなこと、訊いたってしょうがないのに。どうせ戻れないんだもの。

「戻れるとしたら？　僕ならどうするかってこと？」

違うけど、うなずくしかない。

「うーん……。その過去にもよるけど……過去に戻るってことは、過去を変えられるってこと？」

「……そうです……」

香保子よりも年上の先生は真剣に考えて、答えてくれた。

「じゃあ……つらかったら戻って変えるかもしれないし、そんなにつらくなかったら戻らないかもしれない。過去を変えることで失うものもあるでしょ？　変えても失わないなら、戻るんじゃないかな」

戻りたい過去に、香保子の失ったものがすべてあった。

家に帰ってから薬を飲んで横になる。頭がぼんやりするばかりで、眠いのに眠れない状態が長く続く。

ああ、自分は無駄に時間を消費しているな、と思うと涙が出てくる。

やっぱり、過去に戻りたい。

香保子はベッドから起き上がり、パソコンに向かった。

例のサイトにアクセスする。そして、何も起こらないことを証明しようとするように、あの日付をクリックする。

その瞬間、香保子は目を閉じていたみたいだった。でも、何か起こった気配はない。

おそるおそる目を開けると、画面にはこんな文字が浮かんでいた。

この数列は、ある日付、ある時間へ戻れる時空の狭間を表しています。この数列に心当たりのある方なら、どこへ行けばいいのかわかっているはずです。

時空の狭間には期限があります。数列の表示は予告なく消えますので、お早めにご利用ください。


それだけ。他は本当に何も起こらない。

しかし、香保子にとってその説明は充分すぎた。どこへ行けばいいかって？　わかりすぎるほどわかっている。

でもはっきり言って、あの場所に戻るのは怖い。いわゆるフラッシュバックというものがあるからだ。もう何年も近づいていないし、極力思い出さないようにしていた。思い出せば、たちまち香保子は精神のバランスを崩す。一度バランスを崩すと、落ち着くまで時間がかかる。

そこまでする価値が、この「時空の狭間」というものにあるのだろうか。行ってもし何も起こらなかったら、それによって味わう落胆や失望にも打ちのめされるはず。何日も、いやどのくらいの苦しみを味わうのか、見当もつかない。その可能性の方が、絶対に大きい。

だが、疲れ切っている香保子には、それと毎日感じている苦しみの違いがもうわからなくなっていた。これ以上、苦しみが上乗せされたからって、何が変わるというのか。

そう考えると、怖い気持ちが少し薄れた。もう少したつと、何も感じないようになるかもしれない。いっそそうなってしまえば楽なのに、と香保子は思う。

怖がって近寄らないという選択肢ばかり選んでいたら、こうなってしまった。もうそれにも疲れてしまったのだ。いつ何も感じなくなるのか、それもわからない。

わからないことだらけで、それにも疲れた。

汚い部屋で大の字に寝転がり、天井を見上げながら、香保子は考える。

過去に戻れなくても、今となんの違いがあるのか。数日何もできないことがわかっているのなら、かえってショックは少ないかもしれない。

香保子は、もう何年も行っていなかったあの場所へ行くことを決めた。


そこはなんの変哲もない、子供の頃から何年も通った道だ。それまで、何もなかった道。自分の知る範囲では。

夜でも街灯が明るく、コンビニもあり、人通りもそこそこある。住宅街で静かではあるが、ひと気がないわけではない。

ごく普通の、ただの道だった。その日までは。

香保子も、何も考えずに通っていた。家から出て駅までの道。それはずっと変わらないはずだった。

でもその日だけは違っていた。

当時の香保子は大学生で、その日はサークルの飲み会があり、終電近くの電車で帰ってきた。それくらいの時間になると、ひと気が途切れることはあるが、それでも誰もいないなんてことはなかった。

だが多分、その時を狙ってきたのだろう。ほろ酔いの香保子の前に、突然人影が現れた。明らかに男で、近すぎる。香保子はとっさに、トートバッグで身をかばうように姿勢を斜めにした。

男が腕を振りかざし、下に勢いよく降ろした時、香保子は腕に焼けつくような痛みを感じた。

何が起こったのかわからず、後ずさると、また腕に痛みが。街灯の光に、男の持つ何かがきらりと光る。

ナイフだ！　香保子は背を向けて走ろうとしたが、ロングスカートをはいていたせいで足がもつれて倒れる。男が馬乗りになり、さらに刺してくるのをバッグで必死に防御した。

チリチリとした無数の痛みを手や腕に感じ、いつの間にか悲鳴をあげていた。

どのくらいそれが続いたのか。数分かあるいは数秒後、男は突然身を起こし、住宅街の方角に走り込んでいった。ドタドタと耳障りな足音と、地面を蹴るいやな振動が倒れた香保子の頭に響く。

「おい！」

その背中に誰かが大声をあげた。起き上がることもできない香保子は、宙を見つめていた。

目の前に中年男性が顔を出す。「大丈夫？」と訊かれたら、きっと「はい」と返事をしていただろう。それくらい呆然としていた。でも、

「痛いところありますか？」

と訊かれたので、

「……腕が痛いです」

そう答えた。

「救急車呼びますね」

男性が携帯電話を取り出した。

「大丈夫ですか⁉」

コンビニの制服を着た女性が顔を出す。

香保子はうなずくが、腕の痛みが増してきた。手も痛い。全身が痛い。どこもかしこも痛く感じてきた。

人がわらわらと寄ってくる気配があったが、結局その二人しか香保子は目にすることなく、救急車に乗り込んだ。そして、意識を失う。


次に目を覚ました時は、病室だった。

とっさにバッグで身を守ったせいか、軽傷で済んだ、と医師から説明を受ける。両腕の傷は深かったが、神経には達しておらず、あとは手と顔にかすり傷を負い、転んだ時に足を捻挫した程度だった。

しかしその時点ではまだ犯人は捕まっていなかった。しかも事件の直後に、現場近くの住宅で家族三人が殺害されているのも発見され、同じ犯人ではないか、と言われた。その家の長男が行方不明だという。

軽傷だったのですぐに退院となったが、傷が治っても精神は不安定なままだった。夜も眠れない。眠れても怖い夢ばかりを見る。悲鳴をあげて起きることもある。

犯人はなかなか捕まらず、そのせいで香保子はあの道を通ることができなくなった。駅に行く場合は遠回りをしなければならない。だが、どちらにしても外に出るとフラッシュバックが襲ってくる。周囲や背後を絶えず気にして、疲れてしまうので、長いこと外にいられない。もちろん、夜の外出も怖い。

当然、大学にも行けない。しばらく休むしかなかった。

事件発生から二週間後、香保子を襲った男が都内で確保された。やはり、あの一家殺人のあった家の長男で、自分の家族を殺したのも、その男だった。

彼の身勝手な犯行動機が、香保子をさらに苦しめる。

長男は二十七歳。会社を解雇され、ギャンブルにのめりこみ、借金を背負う。それを両親と姉に責められたことから、殺害を計画する。家族を殺したあと、外で通り魔を装って誰でもいいから襲い、犯人はその見ず知らずの男だと主張しようと考えたのだ。しかし、たまたま通りかかった香保子を襲っている時、隣人に顔を見られてしまい、そのまま逃げたらしい。長男の背中に声をかけていたのは(そして香保子に最初に声をかけたのも)、その隣人の男性だった。コンビニの防犯カメラにも、血まみれの服で通り過ぎるところがしっかり映っていた。

なんという杜撰(ずさん)な、計画とも言えない稚拙な犯行に巻き込まれたことに、香保子は再度ショックを受けた。

犯行の全容がマスコミに取り上げられると、ワイドショーなどが面白おかしく扱うようになり、香保子にも取材の申し込みが来た。もちろん断ったけれど、それで引く相手ではなく、あの手この手で接触を図ってくる。

扇情的な報道を続けるマスコミに対する炎上が連日ネットでくり広げられ、大きく知られてくるにつれ、運が悪かっただけで何も悪くない香保子までなぜか責めるような論調が増えてくる。あんな時間にうろついていたのが悪い、とか、犯人を挑発した、とか、襲われて唯一生き残ったことに何か特別な理由がある、犯人となんらかの関係があったんじゃないか、とか——根拠のない誹謗中傷が大量に投稿された。

それらは見ないようにしていても、一度目にすると頭から消えてくれない。携帯電話もテレビも新聞も何も見られず、ただ泣くしかなかった。

だが、香保子の心が壊れたのはそのことよりも、それらを打ち明け、慰めてくれた親友だと思っていた人間が、実は大学内でひどい噂を流しているとわかった時だった。

「大した怪我もしなかったくせに、重傷者みたいなふりして。悲劇のヒロインかよ」

……もっと香保子がひどい怪我をすれば満足だったのだろうか。それとも死ねばよかったとでも？「心配してるよ」「みんな応援してるよ」「早く元気になって」と言っていたのは、嘘だったの？

香保子は大学を辞めた。家族以外の人と話すのが怖くなり、その頃から向精神薬が手放せなくなっていく。

近くに住む人間が犯人だったというのも香保子にはつらく、マスコミの取材攻勢も一向に止まなかったので、結局母と二人だけで何度かの引っ越しを余儀なくされる。父は香保子の苦しみに最初は寄り添ってくれたが、次第に沈んだ様子を見せるようになり、その頃には会話もなくなっていた。

別居後、父と母は離婚した。父は家を売り、故郷に戻ったと聞く。東京に住むのが夢だった、と昔聞いたことがある。香保子は、父の夢も壊してしまったのだ。

兄はその頃結婚したばかりだったが、その後ひっそりと離婚して、地方都市で一人働いているらしい。母が連絡を取っているらしいが、香保子は責められるのが怖くて話せないままだ。離婚の理由はわからないけれど、自分に関係ないわけがない。

犯人の稚拙な思いつきが、香保子の家族をバラバラにしてしまった。たまたま通りかかっただけなのに。

それから数年たっても、香保子の心は回復しなかった。寝たり起きたりしている間に、どうにか生活しているような状態。先が見えなくて常に不安で、精神状態はいつもグラグラしている。口癖は「死にたい」。母がいてくれるので、かろうじて生きている。

仕事も収入も不安定で、少しでも調子が悪くなれば何もできなくなる。疲れ切った香保子は、藁にもすがる気持ちでここへやってきた。夜は怖いので、昼間だけど。同じ時間に来なければならないという注意書きはなかったはず。

あってももう、別にいいや。すでに帰りたいけれど、もう少しだけ我慢しよう。が、立っていると貧血が起きそうな気がして、コンビニ前のベンチに座る。

周辺は全然変わっていなかった。変わったのは香保子だけ。それがまた悲しい。いや……久しぶりに湧いてきたその感情に、香保子自身も驚いた。くやしいのだ。くやしくてくやしくてたまらない。涙が出てきそう……。

　もし過去に本当に戻れたら、自分を引き止めるつもりだった。呼びかけて、ちょっと話したりするくらい。タイミングがズレれば、きっと大丈夫なはず。けど、なんと話しかければいいのか。自分と顔がそっくりの女が、何も言わずに腕をつかんだりしたら、それはそれで怖い思いをしそう。自分と顔が同じなんて、とっさにはわからないだろうし、もう昔の面影はないのだけれど……。

　そんなことをいろいろ考えているうちに、くやしさが次第に怒りに変わってきた。どうしてこっちがこんな思いをしなければならないのか。まるで犯人からコソコソ逃げているみたいじゃないか。

そりゃ、あいつに対峙するのは怖い。ナイフも持ってる。

しかし、今の香保子はそれを知っているのだ。こっちに武器でもあれば対抗できるのではないか。

香保子は顔を上げて、あたりを見回す。コンビニの駐車場にたくさん並べられているのぼりが目に入った。「フレッシュメロンパフェ」と書いてある。ポールが長いから、それを振り回せば犯人も近寄れないかもしれない。

あの時も知ってたら、それくらいできたかもしれないのに。

そう考えると、さらに怒りがふくらむ。立ち上がってのぼりを取ろうと手を伸ばした瞬間、目の前がぐらりと歪んだ。


気がつくと、香保子はのぼりを握りしめていた。

しかしのぼりに書いてあるのは「おでん半額セール」という文字だった。

さっきのと違う――と思った瞬間、はっと顔を上げる。何かが違う。コンビニの建物は変わらないように見えるが、さっき目にしたものとは少しずつ変わっている。例えば貼ってあるポスターとか、ゴミ箱とか。コンビニの壁にかかってる時計も違う。あ、時間も違う。そしてあたりは暗い。さっきは昼間だったのに。

過去に……戻った⁉

そう認識したとたん、香保子は走り出した。犯人の家がどこかわかっている。近所だったんだから。ほんとだったら自分だって今も住んでいたかもしれない家の近くだったんだから！

のぼりを手に走る女は、異様に見えただろう。けれど、周囲にひと気はない。あの時、どういうタイミングか、こんなふうに人がいなかったのだ。コンビニも客の姿はなかった。香保子は全然気づいていなかったけれど。あいつはそれを狙ったのだろうか。それとも単なる偶然か。

あいつの家族を救うことはできない。だって、香保子を襲った三十分前に三人は殺されていたから。そのことに香保子の心は痛んだが、あと数分。あいつはもう家を出ただろうか。

この道をまっすぐ行けば、というところで、あいつの姿を見つけた。足早にこちらへやってくる。走ってはいない。あたりをきょろきょろうかがっているが、まだ香保子には気づいていない。

ためらうな。走るのをやめるな。香保子は持っているのぼりを構えた。

あいつはこちらに気づいたが、立ち止まる様子は見せない。わずかに歩みを早め、やがて香保子とすれ違ったが、彼は振り向かなかった。

それは、今の香保子は襲う対象にはならない、と判断した証拠だった。逮捕されたあと、「誰でもいい」なんて言っていたのに。本当にそうなら、のぼりを抱えた妙な女（女と認識したかわからないが）でもいいではないか。最初に出会ったのだから。

無性に腹が立ち、文字どおり頭に血が昇った。香保子は振り向きざま、彼の頭をのぼりで横殴りする。思いっきり。フルスイングで。高校時代、ちょっとだけソフトボールをやっていたのだ。それを思い出した。我ながらいいフォームだったと思う。

男は、妙な声をあげて地面に倒れたが、香保子がのぼりを振りかぶったまま近寄ると、悲鳴をあげて逃げていく。

香保子はそのまま追いかけた。なんだ、反撃してこないのかよ。ナイフ持ってるはずなのに。

男は何度も振り向きながらヨタヨタ走る。香保子の顔を憶えようとしているのだろうか。だったら、と笑ってやった。どうせ憶えるのなら、一番怖い顔を憶えておけ、と思いながら。けど見えていないかも。ぼさぼさの前髪にキャップをかぶり、黒縁のメガネをかけてマスクもしていたから。

男は、再び悲鳴をあげたが、そのままバランスをくずし、コンクリートのブロック塀に激突した。立ち上がろうとしたが、足をくじいたのか、またすぐ転んでしまう。

「やめて……やめて……」

そう言って、泣いていた。

香保子はあの時、声を出す余裕もなかった。

手からことんとのぼりが落ちる。ポールがひん曲がっていた。コンビニに悪いことしてしまった。

しかし、後悔はしていない。

「どうした⁉」

聞き憶えのある声がした。香保子の時にも真っ先にやってきた人。いい人なのね。

そういえばこの人は、男の隣人だった。香保子のことには気づかず、彼へ近寄っていく。

「何があった？」

そう訊かれても、背後にいる香保子のことを気にしてか、彼は何も言えない。

「あれ⁉　何お前、血が出てるじゃないか！」

それは彼の血ではない。コートの下に、家族を殺した時の返り血を隠していたのだ。いつの間にかコートのボタンがはずれ、それが見えていた。

さっきまでなかった人通りが戻り、香保子の隣を人が通り過ぎていく。

「救急車呼ぶよ」

「やめて！」

「なんで？　怪我してるんだから——」

きゃあっと悲鳴があがる。血まみれのナイフが道に落ちていた。

「刺されたんじゃない？」

「警察！」

そう叫んだのは、あの時にもいたコンビニの店員だった。彼女は香保子を通り抜けて店へと走っていく。

ああ、見えてないんだ——と思った瞬間。


香保子はコンビニの駐車場に立っていた。目の前の「おにぎり百円セール」ののぼりのポールをつかんだまま。

手をあわてて離し、そのまま逃げるように駅へ向かう。

何が起こったの、今見たものは何？　胸の動悸が激しい。苦しい。倒れるかと思うくらい、心臓が脈打っている。

電車に乗っても動悸は治まらない。生々しい記憶として、あの犯人を殴った感触が手に残っているのだ。現実？

背中のリュックに入れていた携帯電話を取り出す。日付は……今のだ。昔ではない。電車のドアの上の小さな液晶にも、その日付が映し出されている。

電車を無意識に降りて、またはっとなる。ここはどこ？　どうしてこの駅で降りたの？

呆然とホームに立ちすくんでいると、次第に記憶がよみがえってくる。いや、今現在の、「本当の記憶」が上書きされていくようだった。

ここは一人暮らしをしているアパートのある街だ。大学を卒業し、就職した。忙しい毎日を送っている。そろそろ美容院にも行かなくちゃ。髪が伸びっぱなしだ。

今の世界の記憶を思い出していくというより、「あの時」があった世界の記憶と交換していくような感覚だった。昔の出来事のように遠くなっていく。

「あの時」の記憶は消えていない。けれどそれは、とても近しい人の体験談のようだった。思い出すと心が痛むし、怒りも湧くし、涙も出るし、非常に不快で、憎むべき出来事。

しかし、自分のことではない。自分のことのように生々しく感じるけれど。

無意識に歩いているうちに、アパートに着いた。さっきまで——あっちの世界で自分が暮らしていたぐちゃぐちゃな部屋とは違って、少し乱雑ではあるがほどよく片づいている。

携帯の電話帳に「母」とある。電話してみた。

「もしもし？」

母の声は、明るかった。

「あ……香保子だけど」

「あー、どうしたの？　元気？」

元気なんだろうか。わからないけど、

「うん」

と答えておく。

「何かあったの？」

「ううん、用事はないの……」

「あら、そうなの？　そんなんで電話してくるなんて、珍しいね」

母の笑い声は屈託がなかった。

「あ……お父さんは？」

「お父さんはさっき買い物に行ったよ。すぐ帰ってくると思うけど」

お父さん……お母さんと一緒に住んでるんだ……。

「今住んでるところって、ずっと変わらない？」

そんな変なことを訊いてしまった。変？　そう思うってことは、こちらの世界にもう馴染んでしまったということ？

「何言ってんの？　ずっと同じだよ」

香保子は泣き崩れそうになった。

「うん……うん、わかった……。また電話する」

涙声にならないように言うのが難しい。

「なんなの？　いいの？」

「うん……またね」

電話を切った。

実家はそのままだった。父と母も一緒に住んでいる。兄はまだわからないけど……多分、奥さんと普通に暮らしているのだろう。それはきっと、あとからわかるはず。

それもこれも、さっき――あの時に、香保子があの犯人を殴ったから……。


こちらの世界に、気持ちの上で慣れるまで、数日かかった。無意識でやることに最初のうちは驚いてばかりだったから。

事件のことを調べてみようと思い始めたのは、一週間くらいたった休日のある日だった。

自分の家族三人を殺したあの犯人は、そのあと路上で何者かに襲われて怪我をしたと証言していた。が、目撃者もおらず、襲った者は見つからなかった。防犯カメラには、逃げるように走る犯人は映っていたが、追いかける人物はいなかったという。世間的には「自分で転んだのに人のせいにした」と言われているらしい。精神鑑定までしたそうだが、責任能力は認められ、判決も、香保子の記憶の中にあるものと変わっていない。

この見つからなかった人物が自分のことだと認識していても、それもまた遠い記憶のようだった。防犯カメラには、偶然映っていなかったのか、あるいは別の理由があったのか、それはわからない。

犯人に襲われなかった香保子は、近所で起こった事件だったのでショックを受けたが、あの道が特別怖くなったわけではない。しばらく用心していたけれど、すぐに忘れてしまった。

その後、大学を卒業、就職して実家から離れ、一人暮らしを始めた。怖い思いは特にしていない。大学時代の男友だちとつきあい始めたばかりだった。

彼氏とは四年生の時に知り合ったので、あっちの世界では出会わなかった人だ。

そのまま彼とつきあい続けて結婚して、今に至る。

兄は、転勤で遠方に家族そろって引っ越したのであまり会えないが、離婚はしていないし、義理の姉とは母も含めて頻繁に連絡を取っている。

悲しいことや苦しいことはほとんど起こらない。起こっても時間がたてば乗り越えられる。あのことを知らなければ、とてもつらい出来事と感じられたかもしれないが。

平穏無事が一番幸せだと、香保子は心から実感していた。悲しくて苦しい時期も憶えているから、人に優しくなれるとか、そんなことはない。普段は忘れているから。

どういうきっかけでかは定かでないが、ふいに思い出すだけだ。ああ、「昔の」あたしと今のあたしは全然違う、と。

その感覚は、自分でもうまく消化できていない。あっちの世界の記憶は自分の中のもう一人の自分が持ったままだが、それは自分ではない。ほんの数分の違いで未来がまったく変わってしまっただけなのに。奇妙だが、それが本音だった。

「昔」のことを思い出すと、身体がわずかに震える。でもすぐに通り過ぎて、また忘れる。すでに過去のことと割り切っている記憶だが、決して忘れられない思い出のように。

あちらの世界の香保子は、その記憶がすべて自分を苦しめる現実でしかなく……そこから逃れたくて仕方がなかった。

もう二度と「昔」に戻りたくはない。

それはわかっているのに、どうしても彼女に会いたくてたまらなかった。

香保子は、再びあのサイトの日付をクリックした。

お決まりの言葉が出てくる。まったく同じだった。

行くべき場所もわかっている。

こんなチャンス、二度も巡ってくるなんて普通ないはず。あたしは恵まれている。

これで彼女に会える。

だが、会ってどうしろと？　彼女にそのまま書き続けてほしいと伝えることはできない。

それでも香保子は、彼女の作品が読みたいと思うのだ。


今の香保子は、この駅には初めて降りる。降りるのはもちろん、路線も駅名も知らないところだ。古い駅舎は、来年取り壊しが決まっているらしい。壁の亀裂が痛々しい。

駅の前で、香保子は待った。まだどうするかは決めていない。ただ彼女を見るだけで終わってしまうかもしれない。いや、それしかできない。そうするしかないのだ。

時間が近づいてくるにつれて、涙があふれてきた。あの頃、あたしは泣きたくても泣けなかった。笑うことも忘れていた。

そんな気持ちを、彼女は小説やエッセイの中で表現していたのだ。溜め込みすぎて爆発しないように、そうやって必死に外に出していた。

その時の気持ちを忘れていた。いや、思い出さないようにしていた。だって、一番つらいから。

涙をタオルでごしごし拭いて顔を上げると、駅舎の壁の亀裂は消えていた。

時間の数分前になって、彼女が現れた。さっきからずっと泣いている怪しい女には気づかない。このまま見送れば、彼女をあの事件のあった街まで電車が連れていく。そうしなければならない。もう彼女の作品が読めなくても。

けれど香保子は、一歩踏み出した。

「あの……！」

彼女に声をかけた。びくっと振り向く。キャップを深々とかぶり、黒縁メガネの下の目がおどおどしている。それ以外の表情は、マスクに隠れて見えない。

「――さん、ですよね？」

初めて自分で呼ぶ自分の名前だった。

「は、はい」

返事はとても小さい声だった。

「ファンなんです」

自分が涙声になっているのに気づく。感激しているファンそのものだ。

そのとおりだけれど。

「あなたの作品、小説もエッセイも大好きです」

本当は「これからの作品も楽しみにしています」と言いたかった。でも、それは不可能だ。彼女の作品は、もうこの世にはない。

「あ、ありがとうございます……」

香保子は、ぺこりと頭を下げるかつての自分に、同じように頭を下げた。どれだけの苦しさが、あの作品に詰め込まれているかわかっているからこそ、彼女を――自分を引き止めることはできない。

「お邪魔しました」

踵(きびす)を返し、その場から足早に立ち去る。かつて母と二人で住んでいたアパートが見えてくるまで歩いた。

もう二度とここには帰ってこない。

古びた駅舎の前で、香保子は一人で泣いていた。人々が怪訝(けげん)な顔で通り過ぎるが、涙を止めることはできなかった。

ああ、もう彼女には会えない。もう一人のあたし、そして彼女の作品たちも、永遠に消えてしまった。

でも、自分にはそれしか選べなかった。

精神科の先生が言った言葉が浮かぶ。

「過去を変えることで失うものもあるでしょ？」

失うものなどない、と思っていた。自分にそんなものは存在しないと。失ったってかまわないとも思っていた。それくらいのものしか書いていないと感じていたからだ。

でも、今香保子は、作品を読んでくれた人たちのことを思って泣いていた。その人たちの感想が、香保子を生かしてくれていたからだ。

そして、最後の、もっとも熱烈なファンは、自分自身だった。時を超えて会いに来るような。

ファンから声をかけられるのは、たまにあることだった。極力人前には出なかったけれど、世話になった出版社に熱心に頼まれて、ほんの数度だがサイン会をしたことがあったから、熱心なファンであればあるほど香保子の顔を知っている。

あの日も電車に乗る直前に声をかけられ、上の空で対応したことは憶えている。乗った電車の時刻も。

かつて香保子が書いたたくさんの作品は、あの事件に巻き込まれたから生まれたものだった。胸の内に湧き続ける気持ちを、ブログなどに書くことで解消していた。いや、解消はできない。書いている間だけ忘れられるように感じていただけだ。実際は忘れられないし、声をかけられて書籍にはなったけれど、売れれば売れるほどプレッシャーにもなり、いつ書けなくなるのかという恐怖とも戦わなければならなかった。

それでも作品を読んでくれた人たちからの感想は、うれしかった。自分と同じように感じてくれる人がいることは、孤独な香保子には大きな支えであったが——それでも、書き続けていく限り、この苦しみが永遠に続くのかという絶望にも似た気持ちは消せなかった。

今の自分では、あの頃の香保子のような作品は書けない。それらを生み出す代償があまりにも大きいから。第一、書こうとも思わない。そんな大変なこと、自分にできるとは思えない。

高校時代に童話を書こうとしたが、途中までで挫折をした。そこで止まっているのだ。

家への帰り道を歩いている時、ふと思い出す。

駅で声をかけられたあと、何を考えていたのか。

電車の中で、ぼんやりと〆切(しめきり)のことを——書かなければならない作品のことを考えていたのだけれど……「書かなければならない」ばかり言っているなあ、と感じて。では「書きたい作品」ってなんだろう、と考えていた。あの人はあたしの作品を「大好き」と言ってくれたけど、じゃあ自分の「大好き」ってなんだろうって。

書きたいなんて思ったことないな。今まで出した作品だって、書きたかったのか、と問われると違う。書かずにいられないから書いただけだ。書かなければ、とっくに死んでいた。

書きたいと思って書いたのは、文学少女にあこがれていた高校時代に挫折した、童話だけかもしれない。未完だけれど。

そんなことを思い出したのは、最後のファンだった自分と会ったからかもしれない。

香保子は立ち止まる。

あの物語だけは、今の香保子にも、消えていった香保子にも存在している。

当時の原稿などとっくになくなっているが、どんな物語だったかは憶えている。大好きな絵本にインスパイアされたものだったから。

あの絵本は――今も家にある。娘も息子もお気に入りだった。

忘れてしまわないうちに、書き留めておこうか。

その夜遅く、香保子はパソコンに向かって浮かんでくる文章を必死に打ち込んでいた。思い出の童話だけでなく、いなくなった香保子たちのことも書こうとしていた。この世にない作品たちのことも。あんなふうにはもう書けないけれど。

あの頃書いていたものは、うまく思い出せない。不思議だ。あそこにしか存在しない、混沌(こんとん)とした感情の中から生まれたものだったからだろうか。その感情が遠くに行ってしまったら、そこから生まれたものを取り出せなくなったような……。

そんなもどかしい気持ちばかりが先走る。

奥底にある古い感情はいつまでたっても消化できないかもしれないし、全然思うようには書けないのだけれど、香保子は初めて、文章を書いていて「楽しい」と思った。自分のためだけに書いているからだろうか。それとも、苦しいことを紛(まぎ)らわすためではないから？

香保子はいつの間にか泣いていた。泣きながら書いていた。でも、これは悲しい涙じゃない。

書いていると、もう会えない彼女たちに近づける気がしたから。自分の中にいる遠い彼女たちに、触れられる気がして。

本書は、ハルキ文庫のために書き下ろされた作品です。

あなたのための時空(とき)のはざま

著者 矢崎存美(やざきありみ)

2021年11月18日第一刷発行

発行者 角川春樹

発行所 株式会社角川春樹事務所
〒102-0074 東京都千代田区九段南2-1-30 イタリア文化会館

電話 03(3263)5247(編集)
03(3263)5881(営業)

印刷・製本 中央精版印刷株式会社

フォーマット・デザイン 芦澤泰偉
表紙イラストレーション 門坂 流

本書の無断複製(コピー、スキャン、デジタル化等)並びに無断複製物の譲渡及び配信は、著作権法上での例外を除き禁じられています。また、本書を代行業者等の第三者に依頼して複製する行為は、たとえ個人や家庭内の利用であっても一切認められておりません。
定価はカバーに表示してあります。落丁・乱丁はお取り替えいたします。

ISBN978-4-7584-4446-0 C0193 ©2021 Arimi Yazaki Printed in Japan
http://www.kadokawaharuki.co.jp/[営業]
fanmail@kadokawaharuki.co.jp[編集] ご意見・ご感想をお寄せください。